EL VIOLÍN DE MAMÁ

Marie-Thérèse
Bitaine de la Fuente

EL VIOLÍN DE MAMÁ

Traducción de
Michèle Penalva

NOVELERÍA
Grandes pequeñas historias

El violín de Mamá

MARIE-THÉRÈSE BITAINE DE LA FUENTE

Título original en francés:
Le Violon de Maman

Ilustración de cubierta:
Retrato de Annick Bitaine (P. Valle, Rouen)

Diseño y maquetación:
EЯA | ALTA RESOLUCIÓN EDITORIAL

Editorial Sapere Aude
www.editorialsapereaude.com

Colección «Novelería»

EntreAcacias, S.L.
[Sociedad editora]
Covadonga, 8
33002 Oviedo-Asturias (España)
info@editorialsapereaude.com
pedidos@editorialsapereaude.com

1ª edición: noviembre, 2024

ISBN: 978-84-19343-91-8
Depósito Legal: AS 01713-2024

Impreso en España/*Printed in Spain*
Impreso por Podiprint

Al recuerdo de mi querida gemela Annie.

AGRADECIMIENTO

A Matilde Pascual, mi querida alumna,
y al profesor Ilia Galán, sin los cuales
este libro no habría visto la luz.

A mi marido y a toda mi familia española
por su constante apoyo y a Michèle Penalva,
mi traductora, por su infinita paciencia.

PRÓLOGO
LAS CUERDAS SONORAS DEL VIOLÓN

A veces la prosa, de apariencia sencilla, se torna poesía por cómo mira las cosas, la vida, los momentos cotidianos, la historia personal. Así como en un violón o en una guitarra no solo suenan las cuerdas pulsadas, sino que los armónicos resuenan en cuantas les rodean, lo mismo sucede con este libro que el lector entre las manos tiene. Con una escritura exacta, que a veces recuerda a la de Albert Camus, habla de circunstancias y problemas que en ocasiones nos son familiares, de enfoques ante la existencia, de experiencias que nos enriquecen porque son sinceras y nos hacen revivir lo que otros sintieron, entendieron, incorporándolo a nuestras vivencias, aunque siendo ajenas. Esto es mérito de la buena literatura que, relatando algo, nos relata a nosotros mismos, nos hace pensar y soñar con lo leído y por ello nos hace más conscientes de cuanto nos rodea, tal vez más sabios, si sabemos leer, también, como casi siempre hay que hacer en un buen libro, entre líneas. Disfrute, aproveche el lector, con este admirable texto, que nos descubre otros caminos entre los bosques de la existencia y nos entrega la experiencia ajena, para poder hacerla propia.

Ilia Galan Diez

Catedrático de Estética
y Teoría de las Artes

Annick Bitaine con sus dos hijas gemelas en 1940.

Hoy me encuentro probablemente en una de mis últimas moradas. Hace un frío helador en esta *meseta* madrileña donde el viento del norte silba con fuerza. Incluso ha nevado un poco esta semana, pero como ocurre a menudo aquí, el cielo está radiante. Me siento feliz. En el momento de ponerme a escribir, detrás de una cortina de nubes blancas ha surgido un avión, increíblemente blanco también y que va subiendo en vertical en el cielo azul. Un gran sol lo ilumina por abajo. Es como una invitación a remontar el tiempo. Todo regreso es una renovación. Volver a encontrar y perder de nuevo a los seres queridos, pero acaso para otorgarles una nueva consistencia en esta palingenesia de la vida. Ojalá mi trayectoria última suba del mismo modo hacia una esperanza sin fin y se vaya desvaneciendo suavemente en las volutas del sueño como en el espacio inmenso volaron un día los primeros acordes de un violín vacilante.

Primera parte

RUÁN

I

Caminaba, cogida de la mano de mi abuelo. Era alto y muy delgado; con él, me sentía a gusto en mi infancia, o, dicho de otro modo, en mi pequeñez, pese a que mi estatura en permanente crecimiento suscitaba gritos de admiración y exclamaciones entusiastas por parte de las vecinas con las que nos cruzábamos por la calle, gritos que yo recibía avergonzada y asombrada a la vez, pues parecían otorgarme un mérito al que yo me sentía totalmente ajena.

Avanzábamos, mi abuelo sujetando con la otra mano a mi hermana gemela, y yo disfrutaba de ese equilibrio a veces amenazado por los movimientos intempestivos de una u otra, pero cuyo balancín más seguro era él. Mi hermana era mucho más menuda y frágil que yo y en ocasiones, al mirarla, sentía algo así como el remordimiento confuso de «haberlo acaparado yo todo» en aquellos tiempos raros y desmemoriados de nuestro joven pasado, pues eso me decían las amigas de mi abuela cogiéndome la barbilla con aire pícaro. Entonces, un confuso malestar me sobrecogía y acongojaba cuando me cruzaba con la mirada de cordero degollado, habitual en mi hermana.

Como vivíamos en la periferia de Ruán, el destino de nuestros paseos era casi siempre el Jardín Botánico. Accedíamos a él por una verja monumental: disfrutaba divisando a lo lejos la sucesión de los arriates a ambos lados de la alameda central, el ordenamiento de los grandes estanques, el relieve de la rosaleda, y muy al fondo, las enormes estructuras de cristal de los invernaderos y del invernadero de los naranjos en particular. Mi hermana y yo conocíamos los rincones más recónditos de aquel inmenso jardín, pero no nos sentíamos cómodas en todos ellos. Por ejemplo, el invernadero de los naranjos, con sus cristales casi opacos de tanta condensación, su atmósfera sofocante, sus plantas raras, voraces o desmesuradas que subían sin fin hacia un techo vertiginoso, me inspiraba una auténtica repulsión, pues barruntaba en todo ello los sobresaltos de una monstruosa germinación.

Por suerte, la mayoría de nuestros paseos conducían rápidamente al cuadrado de arena, lo que significaba separarnos a la fuerza de los adultos y tener la certeza, una vez alcanzado el pequeño cerco de madera, de meternos de lleno en una materia moldeable, cuyo grado de pulcritud dependía del trasiego de los niños que lo invadían. Era un asunto serio encontrar la mejor consistencia, el ocre más vistoso, el grado de humedad más apropiado de modo que la arena, dócilmente, adoptara la forma de los cubos volcados, con sus fondos impecables y a prueba de desmoronamientos ulteriores, o cogiera la densidad de unas hermosas magdalenas cuyas curvas sensuales, proustiana yo sin saberlo, ya me fascinaban. Una efervescencia creciente invadía el cuadrado, de pronto faltaba el espacio y los regateos iban en aumento; demasiado tímidas o simplemente inhibidas por nuestra autosuficiencia, nosotras observábamos en silencio, curiosas y acechando nuevos encuentros.

Así pues, recuerdo como un shock la aparición, un hermoso día de verano, del vestido impoluto de piqué de algodón blanco de una niña custodiada por su niñera y que hablaba alto en pleno sol con una autoridad que me dejó pasmada. La tierra entera parecía pertenecerle mientras frente a mi ignorancia, se abría el abismo inmenso del mundo... Bajaba, muy digna ella, a nuestro coso, y su ademán altivo le abría el círculo de los niños dispuestos a compartir sus juegos. Un deseo súbito y servil de participar me invadió, pero una bocanada de envidia feroz me paralizó en seco. También recuerdo aquel niño completamente rígido al que colocaban cerca de nosotras y cuya silla de ruedas inclinaban para que al menos pudiera rozar la arena con los dedos. Aquellas novedades nos dejaban estupefactas. Y de pronto, la arena perdía su atractivo. Con gestos mecánicos, reanudábamos con el rellenar de los cubos, espoleadas momentáneamente por la nueva competencia, mas entretanto el ánimo había decaído, el ritmo se había ralentizado, los hermosos flanes de arena ya no tenían su apetitosa consistencia, los cubos volcados a toda prisa se desmoronaban y ni siquiera las magdalenas lucían ya la regularidad de sus estrías abombadas. Había llegado la hora de retornar a la mano tranquilizadora del abuelo y de volver al tiempo de los mayores.

Era entonces cuando, inevitablemente, nuestros pasos nos conducían hasta el gran estanque. Estaba siempre concurrido. Unos niños radiantes acudían hasta allí a probar sus flamantes barquitos. Los días de mucho sol intensificaban el lustre de sus grandes velas y me parecía descubrir la perfección en el blanco intenso de las telas almidonadas, ribeteadas por los círculos impecables de unos pequeños ojales dorados por los que pasaban drizas y cabos hacia la redondez de los pesados cascos barnizados. En el perímetro del estanque, mi hermana y yo, solicitadas por tantas llamadas, escapábamos pronto de la vigilancia del abuelo. Nuevos niños llegaban incesantemente, los brazos cargados con sus barcos, a menudo más grandes que ellos, y su miraba triunfaba por un instante de nuestra indigencia. La mayor parte de los adultos que los acompañaban eran padres más impacientes si cabe que su retoño y que no escatimaban los consejos técnicos. Pero sordos a sus pesadas exhortaciones, los niños, tumbados bocabajo y con el estómago aplastado contra el bordillo redondo del estanque, daban el último empujón a su nave. Cuando se trataba de pequeños barcos de motor, último grito de la modernidad, parecían huir a toda velocidad, como hartos de haber funcionado demasiado tiempo inútilmente, y su empuje conquistador dejaba oscuros remolinos en la superficie del agua.

Pero lo más bonito era la salida de los veleros que escapaban prestamente de las manos tiernas tendidas hacia ellos, y que alcanzaban poco a poco el equilibrio en el surco sosegado de una estela. Yo seguía con fervor sus evoluciones, y cuando bajo el efecto de un soplo de aire inesperado se inclinaban peligrosamente, aguardaba con delicioso pánico su zozobrar en una caída sin naufragio. Pálpito de las velas, palpitaciones del corazón, lugar secreto en el que la poesía es emoción y eternidad, yo sellaba con las cosas un vínculo duradero que abría ante mí las mañanas más hermosas del mundo.

Última etapa antes del regreso, los altos obligados delante de los arriates floridos a los que el terrícola del abuelo no podía renunciar y de los que disfrutaba con la gravedad del conocedor. Nos invitaba a observar la delicadeza vegetal de un bordillo bicolor, los sabios enmarañamientos que convertían flores corrientes en ricos brocados, y gozábamos con el azul cobalto intenso de un parterre de pensamientos.

Con las manos sucias y los ojos llenos, regresábamos lentamente a fin de saborear detenidamente nuestros propios asombros.

II

Casi le das la espalda al fotógrafo. Estás tranquilamente sentada en un banco, muy erguida frente al lago de Gérardmer. Tu cintura esbelta está ceñida en un traje sobrio y un favorecedor y diminuto tocado se inclina con gracia sobre tu frente. ¡Ese instante de ti arrancado de la nada! Tan entrañable y tan frustrante, ¡qué no daría yo por conocer la intensidad de tu dicha o de tu desencanto en aquellas mañanitas grises de tu viaje de novios! ¿Eras ya la soñadora incorregible que ninguna realidad podía colmar? ¿Qué quedaba de la adolescente enamorada de un gitano, que recorría a zancadas febriles la landa de Bretaña en un día de fuerte viento? ¿O de la joven risueña, siempre dispuesta a gastar bromas a sus hermanas con la desenvoltura de sus veinte años? La chica de Groix, de la mar y su rocío ¿No barruntaba acaso cómo iban subiendo, desde las profundidades brumosas del Este, las señales de un destino trágico?

Mamá tan hermosa, tan joven para la eternidad; Mamá desconocida para siempre y sin embargo tan próxima, qué curioso, a veces te veo en mí, en el porte de cabeza, el talle esbelto, el parentesco de los rasgos, y sin embargo me superarás siempre: primero en hermosura pues eras, qué duda cabe, mucho más guapa que yo, luego en juventud y encanto, pues los años pasan inexorablemente para mí, mientras tú te mantienes inmutable y misteriosa en estas fotos de antes de la guerra que te inmortalizan.

Se llamaba Annick. Este nombre, extraño para nosotras, nos encantaba. Era luminoso y duro, y parecía contener la esencia misma de Bretaña con sus rocas y sus escampadas hinchadas de sol. Me fijé más tarde en el gusto de la lengua bretona por las oclusivas y fue como una complicidad virtual con Mamá. Y un día descubrí su partida de nacimiento: Annick, Elysée, Marie... ¿Existía algo más elegante, más poéticamente femenino que aquellos tres nombres enredados en ese arabesco de vocales luminosas? Mamá aparecía de pronto, Nausicaá celta, altiva y expresiva, eternamente ligada a esas bellas riberas batidas por las olas como dice la Odisea, y a las pequeñas iglesias de granito agazapadas tras los calvarios.

Años-luz más tarde, cayó en mis manos su carné de identidad. Papá lo había metido en una carpeta con papeles y recuerdos. Me sobresalté al descubrir su firma, tan parecida a la mía, con sus letras inclinadas y disciplinadas y la misma rúbrica, propia de las personas que necesitan autoafirmarse.

III

Nuestra casa, la de los abuelos maternos, era amplia y con dos plantas, con un aguilón puntiagudo inclinado hacia el suelo cual pico de loro, lo que le daba, a mis ojos, una pinta insólita, aunque no fuese la única de estas características en el barrio; daba a la calle con un pequeño jardín delantero. La entrada principal se situaba a la derecha: era, en lo alto de unos peldaños, una puerta acristalada en su mitad superior, reforzada por una reja *modern style* muy acorde con el gusto de la época y cuya fantasía en los motivos me agradaba a mí también. No la utilizábamos casi nunca pues normalmente accedíamos a la casa por un pasillo largo y estrecho, situado a la izquierda, pasillo que solíamos recorrer de prisa pues era el lugar mismo del drama, ahí donde el obús había estallado cuando mi abuelo, alertado por una alarma, había cruzado la calle en busca de sus dos hijas, maestras en la escuela de enfrente, a fin de ponerlas a salvo en su casa. A él, la metralla le había salpicado el chaleco, a la más pequeña, las piernas, y a su hija mayor, mi madre, el cuerpo entero.

Cuando me fui haciendo mayor, le oí en más de una ocasión rebelarse contra el destino y gritar su impotencia, en esos momentos en los que el recuerdo insoportable le atormentaba con más fuerza: «¿Por qué estaría yo a la derecha?» Pero sólo unos decenios más tarde descubrí lo verdaderamente espantoso de aquella escena, concretamente cuando, con ocasión del cincuenta aniversario de los bombardeos de Ruán, se publicó el libro de un periodista: a Mamá, la explosión le había seccionado las dos piernas y el abuelo le había tenido que hacer él mismo el torniquete... Ignoro lo que pasó después, sólo sé que los puentes que cruzan el Sena habían sido cortados y que el traslado hasta el Hôtel-Dieu se tuvo que hacer en barca... En el hospital, ella había gritado sus ganas de seguir viviendo por sus dos mellizas de nueve meses y había agonizado durante veinticuatro horas.

Por ello, el paso entre la casa y el alto muro de la izquierda cubierto de yedra donde un agujero siniestro recordaba el suceso, nos causaba un real malestar: a menudo, lo cruzábamos corriendo, temerosas de que surgiera algún monstruo terrorífico, probablemente agazapado detrás del muro y acechando. Creo que de todo aquello me ha quedado también una verdadera repulsión por el aucuba, este hermoso arbusto de hojas amarillas y lustrosas, veteadas de negro, que crecía en el arriate de la entrada, indiferente a la sombra y al frío.

Hoy, día en que la casualidad hace que mi nieto cumple nueve meses, no he podido por menos de admirar su vitalidad y la inextinguible curiosidad que le hace abrir los ojos como platos ante cualquier cosa, pero, sobre todo, he intentado imaginarme el horrible desgarro que debió sentir mi joven y tierna madre al saberse brutalmente desahuciada. «¡Salvad a mis hijas!» había suplicado. ¿Acaso había olvidado, en el horror de su carne magullada, que su madre y su joven hermana Denise, espantadas por los primeros bombardeos alemanes, se habían llevado a sus gemelas en tren hasta Brest, a casa de una prima? Sospecho que lo que gritaba Mamá en su lecho de muerte era, como cualquier madre verdadera, su espanto frente a la dolorida impotencia de su cuerpo herido, frente a los años negros que se avecinaban y tal vez también el rabioso deseo de salvarnos de una guerra que no hacía más que empezar... Pues, ¿qué barbarie nos podía reservar aún ese porvenir sin aurora, cuando la juventud y la belleza habían sido golpeadas de ese modo?

La vida, ciertamente, acaba resarciéndose; para nosotras sí era posible sobrevivir, pero ¿quién sabrá nunca de la desesperanza de aquella mujer joven, torturada y lúcida, y de la insondable soledad, de pronto ante ella, como un agujero negro?

Una vez franqueado ese *no man's land* donde estaba prohibido jugar, al fin se abría para nosotras un espacio de libertad, con el patio trasero, la entrada de la cocina a la derecha con su gran ventanal, el váter exterior pegado al taller del abuelo y finalmente el largo jardín tirado a cordel. Lo dividía en dos una larga alameda por la que podíamos correr a nuestro antojo. Conducía hasta un lugar insólito, el cenador de hierro forjado cubierto de vegetación del que nos apropiábamos para jugar y espiar al abuelo cuando estaba absorto en su ocupación predilecta, cultivar su jardín. Nos encantaba seguir sus movimientos, resueltos cuando cortaba las espalderas de un golpe seco para orientar sus ramas con precisión, y más aún cuando encerraba el ópalo color miel de sus magníficas peras William en un sobre de celofán crujiente para protegerlas de los insectos. Empezaba entonces un periodo de codicias sin fin que acababa el día en que el abuelo, desgarrado entre su pasión por nosotras, a las que era incapaz de negar nada, y su sabiduría de terrícola que sabe esperar, se avenía por fin a sacrificar la primera pera madura que extraía con delicadeza del papel transparente, y que partía en dos con ayuda de su navaja.

¡Sabor supremo de la infancia! Nos quedábamos largo rato en silencio, dejando que fuera subiendo, dentro de nosotras, aquel sabor soleado que alegraba y refrescaba nuestras papilas; y, mientras degustábamos los últimos trozos, admirábamos el arte con que el abuelo reanudaba con el rastrillar concienzudo de un arriate, trazando extraños surcos, nítidos y regulares que, naturalmente, quedaba terminantemente prohibido pisar.

Años más tarde, lejos ya de Ruán, volví a ver mentalmente aquel jardín, o lo recorrí en sueños, y siempre me ha parecido simbolizar ese lugar mágico y protegido, ese espacio de vida indispensable en toda infancia, y más si ha sido marcada por la injusticia. En mis gustos literarios, he sido instintivamente muy sensible al encanto anticuado de las enramadas y a la dulce melancolía verlainiana de los patios traseros y de los huertos de cura, incluso los de ciudad.

Amén de los trabajos de jardinería, que ocupaban la mayor parte de su tiempo libre cuando hacía bueno, el abuelo conjuraba también su pena con largos y minuciosos trabajos de carpintería. Nunca supe de dónde sacaba tanta maña, pero lo cierto es que necesitaba también esa actividad para mantener su vínculo con la tierra, como buen hijo de Locronan que era. El taller –como impropiamente llamábamos al amplio cobertizo donde trabajaba– era un espacio donde podía fumar a gusto, donde concentraba toda su energía sobre trozos de madera recuperados de no se sabe dónde o muebles viejos que remendaba. Entrábamos de puntillas en aquella habitación amplia, como en un antro sagrado, impresionadas por su orden espartano: nada nunca estorbaba el paso, todas las herramientas estaban perfectamente alineadas y cada una de ellas tenía asignado su emplazamiento, señalado con una pequeña etiqueta; nos fascinaban sus formas y más aún su utilidad. El abuelo contestaba a nuestras preguntas con una paciencia angelical, pero también con el júbilo secreto del conocedor siempre dispuesto a hacer una demostración.

Me gustaba en especial ver su silueta esbelta y enjuta inclinarse sobre el cepillo, como presa de una obstinación rabiosa mientras los rizos de las virutas iban cubriendo poco a poco el suelo: los músculos de sus brazos sobresalían y creo haber descubierto entonces la extraña belleza de la fuerza viril. Lo que no sabía en aquel momento pero que el futuro me desveló, fue que el hombre de mi vida se parecería a él... Por fin, tras mucho pelear, surgía de pronto un bello objeto, pulido y reconocible. Una sonrisa de contento iluminaba la cara siempre triste del abuelo y yo respiraba a pleno pulmón el olor familiar a serrín, convencida de que era el de la felicidad.

En un hueco del patio estaba el váter exterior de la casa, cerrado con una puerta adornada, en su parte superior, con un corazón recortado en la propia madera. De noche pues, había que salir en plena oscuridad para acceder a él, y dominar el miedo era para nosotras un esfuerzo sobrehumano; afortunadamente, y salvo cuando estábamos enfadadas, podíamos contar la una con la otra y nos acompañábamos mutuamente. No obstante, aquel lugar insólito e incómodo –había que izarse hasta el gran asiento de madera barnizada, perforado en su centro–, que apestaba al olor picante y aseptizado del zotal[1], no carecía de atractivo. Cuando era de día y que aún se podía ver lo suficiente, permanecíamos largos ratos en él a inventar la lectura parodiando a los adultos: fingíamos que leíamos los recortes de periódicos, colgados de la pared con un clavo y que hacían las veces de papel higiénico, o nos pasábamos el tiempo meditando detenidamente sobre las rarezas de nuestros fenómenos fisiológicos.

De aquel lugar singular me quedó también una de mis mayores fobias: un día, al caer la noche, cuando algo distraída me disponía a abrir la puerta, vi las patas de una araña asomándose fuera de su agujero negro, entre la pared y el marco de la puerta, y estirándose hacia el exterior. No se le veía el cuerpo, pero la angustia me paralizó de repente, a la espera de una monstruosa aparición. Aquel incidente me hizo descubrir la fuerza implacable de la sugestión y comprender mejor su importancia en el arte.

Como contrapunto al taller en aquel microcosmos familiar, estaba la cocina. Era el territorio de las mujeres: aún quedaban cuatro mujeres adultas tras la desaparición de Mamá, sus dos hermanas menores, Thérèse y Denise, la abuela y sobre todo Théotiste, a la que habíamos bautizado «Titisse», hermana de la abuela. Al quedarse soltera, y tal y como mandaba la tradi-

[1] Desinfectante de olor muy fuerte, utilizado en los establos.

ción en las familias bretonas de la época, le correspondía un sitio en casa de su hermana donde ejercía una autoridad indiscutible. La abuela era la única que se atrevía a contestar sus órdenes o sus decisiones, pero era siempre mediante una breve escena de histeria que, de puro ineficaz y ridícula, nos provocaba la risa. El abuelo aprovechaba el momento para abandonar el gineceo con aire divertido, cuidándose muy mucho de darle la razón a su mujer: entonces, Filomena se levantaba súbitamente y se marchaba enfurruñada a su habitación.

De la pareja de estas dos bretonas guardo un recuerdo fascinado. En primer lugar por sus nombres insólitos y refinados, muestra del gusto barroco de esta familia de marineros por el exotismo mitológico, luego por el vínculo secreto que parecían mantener con sus orígenes, pues hablaban entre sí en bretón, generalmente para intercambiar chismes o para que no las entendiéramos; y sobre todo por su carácter: la una, mi abuela, refinada y de un romanticón incorregible, conservaba el encanto de una adolescente; la otra, fuerte como una roca, reivindicaba su independencia tomando tabaco como un hombre y negándose a modernizar su vestimenta pese a la presión de sus sobrinas: mantenía el traje tradicional, un vestido negro, largo y fruncido y una pequeña cofia acabada en dos divertidos lazos que revoloteaban con gracia a cada gesto y que nosotras intentábamos atrapar al vuelo.

La cocina era un lugar destacado donde las dos mujeres ejercían con maestría sus dotes de cocineras fuera de lo común, un lugar donde los mejores platos parecían hacerse solos, sin dejar ni rastro de suciedad. A los seis o siete años, comprendí que la auténtica bretona de entonces tenía la obligación de ser una excelente ama de casa, de las que ponen todo su orgullo en el brillo de sus baldosas y el éxito de sus platos. Creo que en aquel prurito había también el deseo inconsciente de rivalizar con las Normandas consideradas como expeditivas o francamente sucias. Era quizá también la manera que tenían ellas de tomar su revancha sobre el destino que las había arrancado de su tierra natal. El caso es que heredé de ellas un gusto incontinente por el orden que, para mi desesperación, nunca he sido capaz de mantener durante mucho tiempo... De ahí data también, probablemente, mi incorregible glotonería, pues todavía hoy puedo reconocer, con una acuidad sin falla, el aroma a far[2] bretón que inundaba toda la casa. En su fuente de barro esmaltado, la costra apetitosa dibujaba como continentes en un mapamundi, distintos en cada ocasión, e identificarlos contribuía también al placer prometido.

Cuando ya adolescentes, volvíamos a casa de los abuelos para las vacaciones, mucho tiempo después de morir Titisse, el mayor éxito culinario de la abuela, aparte de los platos bretones, era el redondo de carne de los domingos; ella escogía siempre la misma pieza, exigiendo que la ataran debidamente para luego pinchar en ella, a intervalos regulares, pequeños dientes de ajo. El resultado era siempre una carne suculenta, servida en su punto y con una textura incomparable. Siempre me ha maravillado que con un presupuesto probablemente modesto, mantuviera esa exigencia de calidad.

---

[2] Bizcocho típico de Bretaña.

IV

De Titisse, me quedan pocos recuerdos exceptuando las insufribles siestas a las que la abuela nos sometía en las tardes de verano, pero que ella, llevada de su espíritu indómito, venía a interrumpir. Subía las escaleras sin hacer ruido, nos mandaba levantar con aire cómplice y bajábamos sigilosamente sin que su hermana sospechara nada. En la parte más alejada del cenador, nos sentaba, una después de otra frente a ella y se dedicaba a una de sus ocupaciones favoritas: ¡cortarnos las uñas de los pies! Creo recordar que al haber sufrido ella misma lo indecible con una uña encarnada, lo que quería era ahorrarnos el mismo dolor en el futuro. Cortaba pues alegremente a ambos lados de la uña del dedo gordo del pie, muy adentro en la carne, exactamente lo opuesto a lo que aconsejan los pedicuros, pero nosotras agradecíamos esas interrupciones, dejándonos acunar por su verborrea incesante que hacía sonar su acento bretón.

A esa época también se remontan unas emociones que quedaron grabadas como potentes flashes en mi memoria: el amargor de una pastilla de jabón de Marsella a la que le había hincado el diente con ganas y su larga permanencia en mi boca, o la incomprensible sacudida que me tiró literalmente al suelo el día en que, queriendo experimentar, introduje un clavo en el enchufe... La vida nos iba deparando así sus tentaciones, sus obstáculos o sus descubrimientos decepcionantes, pero el amor que nos envolvía era tal que nos sentíamos igual de protegidas que en un cocón tupido, y las atrocidades que sobre la guerra oíamos a veces en boca de los adultos sólo parecían llegar hasta nosotras a través de una inmensa niebla. Tal fue la impresión que me quedó de una larga hilera de hombres que subían por la avenida de los Helechos, escoltados por soldados alemanes... La abuela no se anduvo con rodeos a la hora de comentar el hecho: «Van a ser fusilados» –dijo–. «Será en la Plaza Mayor». No tardé en olvidarlo.

Aquellos tiempos de guerra cruzaban a veces el cielo de nuestra inocencia, pero no nos sentíamos directamente en peligro. Conforme iban pasando los meses, más duro se hacía el racionamiento. En la cocina, había que hacer filigranas para tener la ilusión de comer algo y la rutabaga adquiría cartas de nobleza: nos apañábamos como podíamos con su sabor a nabo. El pan escaseaba o era prácticamente incomible y mi padre tuvo incluso que emprender viaje en bicicleta a casa de unos primos lejanos que tenían una granja en la Mayenne y de la que volvió forrado de paquetes de mantequilla debajo del chaquetón, a la manera del hombre blanco de la publicidad de los neumáticos Michelín. No paraba de contar con todo lujo de detalles los avatares de una odisea de varios cientos de kilómetros ¡en una bicicleta con ruedas de madera! Habíamos celebrado su vuelta triunfal con una comida por fin abundante y ruidosa, que quedó grabada en todas las memorias y en el transcurso de la cual todos recobraron con embriaguez los sabores perdidos...

De aquellos tiempos de penuria, aún guardo el recuerdo de las largas colas que a veces hacíamos con los adultos, agazapadas entre sus piernas o sentadas en las aceras. A menudo, la gente tiritaba de hambre y de frío, enfundada en unos abrigos raquíticos y con el cuello levantado. Mi abuela perdía pronto la paciencia y maldecía entre dientes a la carnicera de la esquina a la que sospechaba de dedicarse al estraperlo.

Hay que decir que refunfuñaba con frecuencia, echando todo su rencor en los tenderos del barrio en los que era capaz de distinguir la menor señal de una holgura recién estrenada. Sentía envidia por su relativa abundancia, por la oportunidad que tenían de poder, al menos ellos, intercambiar alimentos, mientras ella había tenido que alimentarnos con zumo de zanahoria desde la muerte de Mamá. Así las cosas, más de una vez la vi echar mano de sus encantos con esos mismos tenderos y utilizarnos para que se apiadaran de ella, pues el barrio entero conocía a las mellizas de Annick Philippe: ¡qué pena, una mujer tan joven y tan guapa, y con dos niñas pequeñas además! ¡Tenga Vd. señora, para hacerles un caldo calentito! La Abuela lo agarraba todo como una ladrona y salía pitando a la calle, refunfuñando todavía más.

De los episodios dramáticos de la guerra acaecidos más tarde, me queda sobre todo la sirena de las alarmas, cuando nos despertaban en plena noche y bajábamos todos, asustados, hacia los refugios. Era una cabalgada en las escaleras y un atropello en toda regla a la entrada de los sótanos. A veces, esperábamos largo rato y en silencio el estruendo de hipotéticos aviones; nos dormíamos en brazos de los adultos... Otras veces, los aviones irrumpían súbitamente en medio de un ruido ensordecedor y siniestro y el suelo repercutía el estallido de las bombas con una especie de enorme implosión. A menudo las mujeres no aguantaban y recuerdo haber visto a Titisse debatirse como una furia entre cuatro hombres que querían impedir que subiera a la calle. La abuela, reviviendo seguramente la muerte de su hija, canturreaba balanceándose y con la mirada perdida, cual niño autista.

Siempre al acecho de paralelismos con el arte, tuve ocasión, durante mi carrera profesional como profesora de literatura francesa en el Liceo Francés de Madrid, de llevar a mis alumnos a una exposición del dibujante y escultor Henry Moore. Juntos descubrimos, muy emocionados, sus dibujos sobre el metro de Londres durante la guerra. Servía de refugio a los habitantes que pasaban en él noches enteras. La atmósfera pesada, el hambre, la angustia, el anonadamiento ante la enormidad de los acontecimientos quedaban ahí plasmados magníficamente y pude añadir detalles personales. Los alumnos no salían de su asombro, convencidos de que aquella guerra, que no era la suya, les quedaba a años luz.

Me acuerdo también de una noche en la que, tras sonar la alarma, Papá, que dormía en nuestra habitación, se levantó de pronto, queriendo que nos bajáramos con él. No sé por qué razón, pero me negué en redondo a obedecerle. Para convencerme, me cogió en brazos y abrió de par en par la ventana. No se me olvidará jamás aquel espectáculo dantesco: era la noche del 18 de abril de 1944. Los relámpagos surcaban el cielo blanqueando la noche en todas las direcciones y la ciudad parecía irreal y como al rojo vivo con su cielo cuadriculado por las cometas y su silbido amenazante. Me abracé a Papá con todas mis fuerzas y acurrucada en su hombro, me llevé para siempre la imagen prohibida y grandiosa de las bellezas de la guerra.

Me enteré más adelante de que en aquella noche fatídica en la que la aviación aliada había arrasado la estación de apartado de Sotteville-lès-Rouen, habían muerto los padres de uno de mis tíos políticos. De nuevo, Normandía, por su situación estratégica, se encontraba en el centro mismo del fuego cruzado, lo que la convertía, desde hacía meses, en una región mártir. De nuevo, el drama rondaba de cerca a nuestra familia, aunque nosotras, demasiado pequeñas aún, no pudiéramos medir todo su alcance. El caso es que aquel joven, novio de Denise, hermana menor de mi madre, se encontraba de repente y en una sola noche sin padres, sin casa, sin anclaje de ningún tipo. Y era hijo único. Más tarde, se volvió un hombre duro, mas ¿existen acaso caminos para sobrellevar el horror?

V

Al margen de estos acontecimientos, que desestabilizaban por un tiempo la familia, el barrio, la ciudad entera, al margen de los juegos y de los paseos, la vida cotidiana de nuestra primera infancia seguía ante todo el ritmo de nuestras visitas al cementerio. Nos las imponían los domingos y días de fiesta, y a veces también entre semana, bajo el impulso de un adulto que nos sacaba bruscamente de nuestra indolencia.

Andando, el camino era largo, demasiado largo para nuestras piernecillas y nuestro alivio era grande cuando alcanzábamos el portón monumental. Pero había que seguir andando en la interminable alameda principal, con sus inmensos árboles, y avanzábamos como ciegos entre los arriates perfectamente perfilados de las lápidas hasta el lugar que parecía ser el centro imantado del mundo... la tumba blanca de Mamá.

Una vez allí, el silencio absoluto y la espera en medio de un presente sin fin. Imitábamos, sin realmente entenderlo, el recogimiento de los adultos, graves ante la inmensa congoja que asomaba en sus caras y que espiábamos de reojo y con inquietud. La carita desencajada de la abuela, a vueltas con la realidad de su duelo, me llenaba de tristeza, ella que en tantas ocasiones había sido salvada por su imaginación. Al cabo de cierto tiempo, la inmovilidad se hacía insoportable y empezábamos a saltar a la pata coja o a darnos discretos empujones. Entonces los adultos, como saliendo de su entorpecimiento, nos imponían el resto de la liturgia familiar: la oración en voz alta y el beso en la foto helada de esa mujer, tan dulce en su marco de mármol. A veces, nuestros gestos no eran más que un automatismo de conveniencia, pero, por lo general, lográbamos sentirnos próximas a esa madre de la que habíamos perdido la memoria, para nuestra desolación. Ocurría también que yo sospechara que los recuerdos de mi hermana fueran aún nítidos mientras los míos habían desaparecido por culpa de algún fenómeno inexplicable de la memoria... Antes de regresar, el abuelo se afanaba con un esmero inútil en la limpieza de la lápida, como si Annick pudiese recibir con ello algún misterioso alivio. La agasajaba con las únicas cosas a su alcance: el brillo del granito y el frescor de las flores y cuando, tras haber rastrillado concienzudamente la arena y dar la señal del regreso se volvía a incorporar con bastante dificultad, lo notábamos algo más encorvado.

Después de aquello, daba gusto volver a casa. A veces, asaltada de nuevo por esa presencia virtual que pertenecía a un pasado tan reciente, la abuela se dejaba enternecer con objetos que habían pertenecido a su hija o que, para ella, mejor la retrataban. Se mostraba orgullosa de ese gran macetero ya moribundo, con sus grandes pájaros amarillos y azules excesivamente chillones para mi gusto, o del chal bretón bordado a mano, regalo de una prima lejana. Al suscitar nuestro interés por aquellos objetos, debía tener la sensación de que su hija recobraba algo de vida y, alguna vez, presa de una inspiración súbita y animada por el espíritu teatrero que la caracterizaba, organizaba una puesta en escena: nos hacía pasar con sumo respeto al salón del fondo donde campaba majestuosamente el piano de Papá, levantaba las persianas que llevaban cerradas desde que los gritos alegres de la juventud se habían apagado, corría los grandes visillos y nos obligaba a sentarnos y a permanecer quietas. Abría entonces el inmenso armario y sacaba el violín de Mamá. Se había convertido en el más preciado de sus bienes, no sólo porque había pertenecido a Annick, sino también porque era para ella una señal inequívoca de promoción social, el símbolo del refinamiento y de la elegancia. Abría el estuche y de su interior, acolchado con tela blanca, sacaba un instrumento que nos dejaba estupefactas de admiración. Su forma nos recordaba vagamente el cuerpo menudo de una mujer y podíamos vernos reflejadas en el barniz tostado de la madera. De pronto, nos entraban ganas de tocarlo. Pero la abuela se llevaba las manos a la cabeza: era demasiado frágil, y más desde que no se utilizaba. Para colmo de sorpresa, nos enseñó unas letras escritas en alemán, que indicaban su procedencia. Lo volvía a colocar en su caja con un cuidado maniático, como si de un recién nacido se tratara. Estoy segura de haberla oído decir que se trataba de un Stradivarius, pero también estoy segura de que, con su propensión a idealizarlo todo, podía sufrir delirios megalómanos. Con la desaparición de nuestros abuelos, desapareció también el violín.

La repetición de ese extraño ritual nos permitió entrever una nueva faceta de la vida de Mamá: en el periodo de entreguerras, mi abuelo, que era militar, fue mandado a Bonn donde se instaló con toda su familia. Al no disponer de muchos detalles sobre ese periodo, me resulta difícil evocarlo. Aun así, reviste a mis ojos un aura poética: me imagino a Annick yendo a clase de violín con su hermano, seria y concentrada ella, impecable con su falda plisada y su blusita blanca, gamberro y saltarín él y dispuesto a todo. O de excursión. ¿Qué fue lo que vieron en aquella Alemania romántica de los *burgs* y de las riberas del Rin, donde se miran los cerezos en flor de Apollinaire? ¿Existían diversiones para esos hijos de militares probablemente confinados en una zona protegida...? Aunque consciente de que sus padres, por su condición de ocupantes, no se pudieron librar fácilmente de sus prejuicios, me atrevo a fantasear con la imagen de una madre curiosa de todo, abierta a la amistad con extranjeros y esforzándose en aprender el idioma.

Llevada de mis recuerdos ficticios y reales, aquí estoy, trabajando sobre el «palimpsesto de la memoria» como si se tratara de un esfuerzo por sobrevivir, e incesantemente debo dar marcha atrás, explorar, indagar, interrogarme, borrar incluso, como en un pergamino delicado, hasta dar con la escritura primigenia a fin de que renazca la verdad. ¿Seré o no capaz de hacerlo siempre? Parece como si tuviera que rendir cuentas a esa madre que no dejó más huellas que las de unas vibraciones musicales para siempre esfumadas, un violín extraviado y dos niñas de cuna…

VI

Crecíamos de prisa, yo más que mi hermana, como de costumbre; un día, Papá decidió que íbamos a dejar por un tiempo la calle del Maréchal Galliéni por una casita en el campo, en compañía de su madre. Era en Saint-Jacques-sur-Darnétal. El nombre me encantó; imaginaba una ciudad encaramada literalmente sobre otra y me topé con la realidad decepcionante de una aldea diminuta perdida en medio de los prados. No obstante, a la casa no le faltaba encanto, blanca toda ella, con falsos entramados y con la hierba cubriendo el patio pues Papá era un pésimo jardinero. Descubrimos las alegrías del campo, los narcisos salvajes y las ranúnculas que, según dicen, manchan la barbilla a quién le gusta la mantequilla, las brazadas de retama para confeccionar ramos. Y las picaduras de las ortigas... De alguna manera, aprendimos a vivir de nuevo con Papá.

De aquella estancia guardo una experiencia sensorial particularmente intensa. Al cabo de una larga cuesta por el acantilado de creta que bordea el Sena por su ribera derecha, la carretera desembocaba en medio de un paisaje de praderas verdes donde unas vacas pacían serenamente o bien, desplomadas en la hierba, nos miraban con sus ojos inmensos y rumiando sin parar. Su tiempo y por lo tanto el nuestro, parecía suspendido en una quietud indolente que nos sometía al ritmo de la naturaleza. Un día en que el viaje se hacía particularmente monótono, una sensación de plenitud me invadió de repente al avistar una cerca de cemento blanca que rodeaba el verde intenso de una propiedad normanda con tanta precisión y nitidez, que hacía pensar en una cintura abrazada tiernamente. Se trataba sin duda de un acaballadero, pero el espacio verde que se extendía bajo los manzanos, el contraste de los colores vivos, el silencio, todo contribuía a producir en mí una extraña sensación de serenidad y plenitud.

Mucho más tarde, volví a ver interiormente aquel paisaje y me pregunté por qué, entre todos los que había visto e incluso amado, aquél había dejado en mí esa huella imborrable. Estoy convencida de que no fue su aspecto normando lo que me impresionó –otros son mucho más típicos–, ni tampoco el contraste con la ciudad, sino quizá la revelación repentina de cierta armonía y la intuición confusa de que el hombre es capaz de recrearla... Sea como fuere, esa presencia obsesiva de un lugar que nada tenía que ver directamente conmigo, me marcó profundamente. Retrospectivamente comprendí que, de manera inconsciente, aquella imagen intensa representaba en mí, no sólo una referencia estética, sino también una suerte de ideal terrenal en consonancia con unas aspiraciones secretas, tal vez simbólicamente, las del lugar cerrado con límites protectores pero franqueables que siempre he necesitado.

Por lo demás, de Saint-Jacques no conservo sino recuerdos en forma de jirones, como los de una nube que se deshilacha suavemente en el cielo; lo sorprendente es que no aparecen en ellos ni mis abuelos maternos que sin duda nos venían a ver periódicamente, ni tan siquiera mi hermana, de la que no me separaba nunca y que me seguía como mi propia sombra. Tal vez porque la personalidad siente la necesidad imperiosa, para forjarse, de apartarse de los demás o al menos de la influencia de los seres más próximos, durante algún tiempo. Mi abuelo sólo reaparece al final, cuando, ya en los últimos estertores de la guerra, un soldado alemán es arrestado. Las circunstancias son, para mí, muy borrosas, pero sé que el abuelo tomó parte activa en el asunto, como en una necesaria revancha.

El soldado fue tratado con humanidad. Cuando ahora veo en televisión documentales sobre aquella época, en los que se ven soldados rindiéndose con los brazos en alto, esa escena me vuelve a la memoria, y también cuando veo, en los conflictos de hoy, toda clase de desbordamientos; las rendiciones de entonces no fueron todas tan respetuosas del derecho. Tener un estatus, aunque sea de prisionero de guerra, es una conquista de nuestra civilización, despreciada en demasiadas ocasiones desgraciadamente; la prueba la tenemos en la actualidad de cada día en un mundo en el que las guerras ya no se atreven a decir su nombre, pero en las que las masacres y los genocidios se multiplican.

VII

Se acercaba la Liberación. Por las noches, en los sótanos, los hombres escuchaban en una radio que chisporroteaba, las últimas noticias de Londres y del General[3]. Parecían inusualmente contentos. Sus comidas acababan en charlas interminables... Hasta que un día, sin entender nada, oímos hablar de «desembarco». En nuestra familia, la excitación no podía ser mayor, extendiéndose luego a todo el barrio: la gente salía de sus casas e irrumpía precipitadamente en la de sus vecinos; en la nuestra, se les olvidaba incluso servirnos la cena.

Y un buen día, llegaron Ellos... Nos vistieron con un particular cuidado; nos dirigimos todos juntos hacia el centro de la ciudad. Una muchedumbre presa del delirio esperaba en las aceras e invadía incluso la calzada. De repente, un estruendo sordo se hizo oír y apareció el primer carro de combate. Nos dijeron que eran los americanos. Vocablo impresionante que parecía caído del cielo pues nada había anticipado su llegada. Unas cabezas con casco espantosas emergían del habitáculo: nuestro primer movimiento fue de retroceso, pero he aquí que sonreían a la redonda. La larga fila de los blindados se abría paso con dificultad entre la muchedumbre. Nos manda-

---

[3] El general De Gaulle.

ban agitar pequeñas banderas. En un momento dado, un soldado negro nos tendió tabletas de chocolate. Paralizadas por el estupor y presas de una timidez repentina, no nos atrevimos a cogerlas. Pero, con sus muecas divertidas, supo muy pronto granjearse nuestra confianza; nos llegó a subir a su carro, lo que acrecentó la euforia general. A pesar de lo exiguo de la torreta, íbamos pasando de brazo en brazo, divirtiéndonos con esas palabras que no entendíamos y felices de regresar con los brazos cargados de golosinas. Era también nuestro primer éxito público, pues todo el mundo felicitaba a Papá por sus dos gemelas, tan monas con su abriguito azul celeste con cuello «claudine».

VIII

Por fin volvió la paz y la vida recobró lentamente su curso. Habíamos vuelto a Ruán, a casa de nuestros abuelos. Éramos niñas sin madre, pero con un montón de tías, lo que de algún modo compensaba. De hecho, todas sabían recordarnos que nos habían criado, pues «cuando la una se dormía, la otra despertaba» decían, y que hacían falta muchos brazos para acometer tanto trabajo. Estaba Thérèse, la más alta, refinada y algo fantasiosa, que llevaba aún los estigmas del drama, con metralla en las piernas que no había podido ser extirpada del todo y que la hacía sufrir mucho en los cambios de tiempo; tenía para nosotras cuidados de madre, pero sabía también vapulearnos cuando procedía. Estaba Denise, con su gracia exquisita; su juventud parecía haber sido milagrosamente salvada: era una jovencita morena y vivaracha de la que manaba alegría de vivir y que no hacía más que entrar y salir, tal debía ser la urgencia por encontrar la felicidad. También estaba Simone, la novia de mi tío René, al fin desmovilizado y que se llevaba a las brumas del norte a esta mujer del sur con su acento sonoro y soleado.

Muy pronto, aparecieron nuevos mozos y la casa fue perturbada por los preparativos de la pedida y de la boda; se oyó hablar de bailes y de tangos, de partidos de tenis y de paseos en bici. Y poco a poco, la casa se fue quedando desierta, las habitaciones se vaciaron y nuestras alegres disputas ya no turbaban apenas el silencio.

Y llegaron los tiempos nuevos de la escuela maternal. De repente, hubo que salir de un sueño pesado de muchos años y luchar por abrir unos párpados que sólo pedían cerrarse de nuevo. Agarrábamos con fuerza nuestra pequeña bolsa de tela mientras franqueábamos la enorme reja, amparadas aún en la distancia por la presencia protectora de los abuelos que nos habían acompañado hasta allí. Intimidadas por el inmenso espacio que nos separaba de nuestros nuevos compañeros, nos sujetábamos fuertemente la mano para darnos ánimo mutuamente; y yo sufría todavía más viendo que la angustia que se iba apoderando de mí se reflejaba en los ojos de mi hermana.

Había luego una escalera ancha que conducía al primer piso donde se encontraba el aula, y donde aguardaba un rebaño de niñas igual de desamparadas que nosotras. Me costaba enormemente soportar el olor indefinido y nauseabundo que impregnaba el lugar, mezcla de calor humano y desinfectante; olor que volvería a encontrar años después en otro establecimiento escolar y que volvió a traer a mi memoria el patio y la escalera de mi primera escuela y hasta la primera pelea que hube de afrontar. Temiendo en todo momento por mi hermana, me sentía capaz de hacer cualquier cosa por defenderla, incluso estando yo misma muerta de miedo; bendigo al cielo por la suerte inmensa de haber nacido dos, pues es evidente que da una fuerza interior enorme y cura definitivamente de cierta tentación egoísta.

Afortunadamente, la primavera volvió con sus jacintos y sus lilas; nuevas ocupaciones nos distraían de las pequeñas obligaciones de la escuela. Papá, hijo único, había vuelto al regazo de su madre y no volvía a casa de sus suegros más que los fines de semana. Nos sentíamos cada vez más hijas de nuestros abuelos: nos habíamos vuelto indispensables para ellos y nosotras no podíamos vivir sin ellos. Para agradarles, aprendíamos hasta canciones en lengua bretona y escuchábamos embelesadas las hazañas del abuelo durante la guerra del 14, cuando servía en la caballería. Acompañaba sus relatos con mímica y pasión y recuerdo su pantomima cómica cuando nos contaba, echándose para atrás, cómo había tenido que cruzar un riachuelo con un caballo que se resistía: «¿Pasará? ¿No pasará? ¡Pasará!» ... Nos reíamos a carcajadas y saboreábamos mejor que en una película el prodigioso salto del soldado.

Con la cercanía del verano, llegaba también para nosotras, como en la canción, el tiempo de las cerezas. En aquel barrio de jardines muy cuidados, había numerosos árboles frutales, pero, para nuestra desgracia, el abuelo no había plantado cerezos. A veces, íbamos de visita a casa de una señora mayor llamada Señora Queret, a la que mi abuela frecuentaba un poco y que vivía sola. Su jardín estaba algo descuidado, lo que la abuela criticaba entre dientes, pero poseía el cerezo mayor y más hermoso que se podía soñar. Su blancura estallaba en primavera y en el mes de junio sus ramas, de un verde intenso, se caían bajo el peso de unas enormes cerezas acharoladas, como canicas recién estrenadas. Recuerdo todavía el gozo que me producía el contraste de esos colores tan vivos, un placer parecido al que, de pequeños, tenemos la primera vez que nos dan un pincel y una caja de pinturas y que nos extasiamos ante la intensidad y la sencillez primigenia de los colores.

Nos reconcomía la codicia, pues conservábamos en la boca el recuerdo de la textura crujiente y suave y del sabor incomparable a clavel dulce que exaltaba nuestras papilas. Pero, más que glotonería, era la cereza en tanto que objeto la que, con su sensualidad, exacerbaba nuestras ansias.

Pero teníamos que esperar a que las señoras acabaran de tomar el té. Languidecíamos e intentábamos inútilmente aplacar nuestra impaciencia corriendo como locas por el jardín. En el momento de la despedida, la anciana nos autorizaba por fin a coger las cerezas de las ramas más bajas y a comérnoslas, pero el cesto que nos prestaba era tan diminuto que regresábamos frustradas y echando pestes contra su avaricia. Era decepcionante constatar que la generosidad sin límite a la que estábamos acostumbradas en casa de nuestros abuelos no era la cosa del mundo mejor compartida. Entonces, para vengarnos, una de las dos se las arreglaba para soltarle con perfidia, en el momento de la despedida y fingiendo equivocarse: «¡Adiós, Señora Cura!». Pero pronto el placer de dar brincos por la calle con unos «pendientes» tan monos nos hacía olvidar estos sinsabores.

IX

Así pasaron unos cuantos años, hasta el día en que unas señales premonitorias nos avisaron de la proximidad de un vuelco en nuestra vida. Se limpió la casa con un cuidado todavía más meticuloso, se restregó y lavó con lejía de arriba abajo, el jardín olía de maravilla y la cocina nos envolvía con el olor de los platos preparados con antelación. Y llegó la buena nueva: ¡Papá se volvía a casar! Nos quedamos atónitas pues ¡ni sabíamos siquiera que aquello fuera posible! Nuestros abuelos parecían contentos: «Es normal que Robert rehaga su vida, además, para vosotras, ¡es mejor un hogar de verdad!»; asentíamos, sin sospechar los desbarajustes que todo esto iba a provocar en nuestras costumbres y con la sensación confusa de una traición disfrazada.

A menudo, sorprendíamos a los abuelos entretenidos en largos conciliábulos; la abuela, siempre imprevisible, dejaba escapar a veces largos suspiros o expresaba dudas. El abuelo la tranquilizaba.

Y un buen día, nos llamaron y nos dieron consejos; nos pusieron el vestido más bonito: había que tener cuidado y sobre todo esperar sin mancharse. Llamaron al timbre. Nos precipitamos a la entrada: ahí estaba Papá, guapo como un galán de cine; vestido de punta en blanco, hasta parecía más alto y más delgado; iba acompañado de una mujer muy arreglada y con una amplia sonrisa. Recuerdo el rojo intenso y fascinante de su pintalabios al que no le quitaba el ojo. En ese preciso momento, supe que aquella mujer entraba también en mi vida y que trazaría en ella un camino decisivo. Por supuesto que pensé primero en mamá, pero confieso que sobre todo como un reflejo condicionado asociado a la presencia de Papá, o bien presa de repente de uno de esos arrebatos novelescos a los que me solía entregar. Sin embargo, ante aquella mujer de carne y hueso, sentí una repentina bocanada de gratitud. Creo incluso que empecé a probar con ella todos los remedos de la seducción.

En aquella época, ella tenía treinta y cinco años, era algo más baja que Papá y bien proporcionada. Sin ser guapa, tenía una cara agradable y sobre todo el pelo canoso, peinado hacia arriba con un moño muy subido en la parte delantera de la cabeza, tal y como se estilaba en la posguerra. La montura metálica de sus gafas acentuaba su aspecto serio. Todavía recuerdo el blanco resplandeciente de la blusa que llevaba.

Emanaba de ella una gran fuerza interior. Los adultos pasaron al salón y mi hermana y yo hacíamos frecuentes incursiones para espiarla a gusto a través de la puerta acristalada del comedor.

X

Poco después, nos instalamos en la calle Henri Martin, en la casa familiar de Papá. Dejábamos, al parecer definitivamente, pero sin que tomáramos realmente conciencia de ello, a los abuelos y también el barrio. Y nos instalamos en una casa estrecha y bastante oscura que en un principio nos repelió. Pero Germaine encontró la mejor manera de seducirnos: como buena costurera que era, y con la complicidad de los abuelos, se había hecho discretamente con nuestros muñecos, había renovado su vestuario y forrado sus cunas con magníficos volantes de cretona estampada con flores. Nos mandó subir a nuestra habitación y todos nos siguieron para compartir nuestra sorpresa: tanta emoción nos cortó la respiración pues aquello parecía auténticamente la sala de juegos de una princesa. Nos quedamos paradas, como avergonzadas ante tan espléndido regalo, sin atrevernos al principio ni a dar las gracias ni a acercarnos a las cunas. Aún hoy sigo agradecida a esta mujer por ese regalo inaudito, fruto de sus manos y de su imaginación, señal inequívoca de una generosidad que nunca después se desmentiría.

No nos costó nada llamarla «Mamá» y fingir que nos habíamos olvidado de que habíamos tenido una madre, pues esa permanente ausencia acababa por pesarnos y aspirábamos a entrar en la normalidad, aun pagando el precio de tener que ahogar vagos remordimientos. Por suerte, Germaine tenía la virtud de ponerse en el lugar del otro, como nos lo supo demostrar tantas veces, de anticiparse a sus deseos y sobre todo de inventar para él alegrías posibles. Creo que supo transmitirnos ese don, enseñándonos muy pronto que se gana más creando ilusión a su alrededor que pensando primero en uno mismo. Lo que también puede llegar a ser un defecto como pude comprobar en más de una ocasión a lo largo de mi vida, por acallar mis propios deseos con tal de dar satisfacción a los demás o por confiar demasiado pronto en ellos. El caso es que siempre me ha costado imponerme y pensar sólo en mí, pero si Germaine tiene su parte de culpa en esta actitud, también la tiene la gemelaridad que obliga, desde que se tiene uso de razón, a evaluar y compartirlo todo y por tanto a dominar desde la más tierna infancia las pulsiones del «yo».

Aparte de este recuerdo luminoso y de todas las novedades que un cambio de decorado conlleva, incluso desde el lado del escenario, de la casa de la calle Henri Martin sólo me queda la impresión de un tránsito oscuro y frío. Era como si nos hubieran arrancado de una casa amada, pero lugar de un drama y que nunca había sido totalmente nuestra, a una especie de *no man's land* con el que no teníamos ningún vínculo. Concentrada únicamente en mi propio crecimiento, me sentía en ella como en una espera desierta de la que tan sólo emerge una breve escena: acompaño a Papá hasta el banco, aguardamos en la cola juntos y al llegar a la taquilla y entregar un billete de los grandes, le dan a cambio un fajo entero de billetes. No quepo en mí de alegría. Ya fuera, le felicito por la operación y de buen grado, me aclara lo del cambio «devuelto»; su risa incontinente no consiguió sino aumentar mi frustración.

Segunda parte

CONTEVILLE

I

Luego vino Conteville. «Comitis villa», dijo un día Papá en la escuela, y esta muestra de erudición me llenó de orgullo. Era un pueblecito alargado y sin gracia, del que pronto aprendimos a desentrañar el sabor oculto. Nos convertimos en «campesinas de adopción», si la fórmula significa amar profundamente la tierra.

Allí descubrimos las pellas de mantequilla y los terrones de azúcar y la alegría de una relativa abundancia tras las restricciones de la guerra. Nos mandaban periódicamente a por mantequilla, a una granja algo alejada y en las largas caminatas por los senderos, aprendimos mucho más que en los libros. Descubrí entonces la espera paciente de los misterios de la charca, con sus saltos de ranas intermitentes, sus reflejos glaucos y anacarados, sus sobresaltos en la superficie, su canto áspero; supe de los apareamientos de libélulas, semejantes a coreografías etéreas de paracaidistas cogidos de las manos encima del agua; comprendí, antes de leer las magníficas páginas de Colette, la emoción incomparable de descubrir las violetas.

Habíamos tomado la costumbre de inspeccionar los taludes con una mirada escrutadora: la mala hierba, las hermosas hojas del llantén con sus nervaduras, los dientes de león, las frágiles umbelas y, como por arte de magia y recién salidas del invierno, las violetas.

Agazapadas en el secreto de los rincones húmedos, desvelaban su gracia sonriente, entregando, cual regalo inesperado, el malva intenso, el burdeos inaudito o el blanco inmaculado de sus pétalos carnosos. El amarillo azafrán de sus pistilos y el verde intenso de sus hojas acentuaban todavía más aquellos colores increíbles, surgidos repentinamente de la oscuridad y del barro. Desde aquellas lejanas y titubeantes herborizaciones, he seguido al acecho de la más mínima brizna de hierba a orillas de los caminos en los países por los que he transitado, pero nunca más he vuelto a sentir con tanta intensidad el don de la naturaleza; ayer mismo, he vuelto a ver violetas en la sierra madrileña: redescubrí su belleza antigua y su olor, tan delicados, pero todas eran de color violeta, casi convencionales. Las de antaño poseían toda la fuerza de la infancia del mundo.

Volviendo la vista atrás, entre las experiencias de igual intensidad, están también los primeros baños en el río, en verano, cuando el calor se hacía insoportable y que la tía Thérèse, maestra de escuela en Beaussault –un pueblo vecino– nos invitaba. Acompañadas de nuestra prima Annick y ataviadas las tres con unas bragas de algodón blanco que nos llegaban hasta las axilas, nos dejábamos invadir por la sensación sobrecogedora del agua fresca y las tres compartíamos ese gozo que intensificábamos con chapoteos interminables. Y como en la canción, el agua era tan pura y se volvía tan fría en las profundidades donde se movían alegremente unas matas de berros, que habríamos permanecido en ella eternamente.

Estas dos secuencias de nuestra vida en Conteville y en Beaussault han vuelto a menudo a mi memoria. ¿Quedarán todavía en Francia violetas rojas y blancas capaces de seducir a niñas solitarias por caminos remotos y ríos de agua virgen y embrujadora? Mucho me temo que mis nietos ya no podrán esparcirse a sus anchas por este mundo amenazante y contaminado: pronto sólo conocerán el agua clorada de las piscinas y de las playas acotadas y las flores convencionales de las plantas cultivadas. ¡Ojalá podamos preservar aún para ellos, pequeños espacios de libertad y auténticos encuentros con la naturaleza!

II

En aquella época, los nuestros eran cada vez más frecuentes. Al final del camino, por el que perdíamos totalmente la noción del tiempo, estaba la famosa granja con sus grandes edificios, su patio sucio que olía a estiércol y sus aves de corral charlatanas que se agitaban desordenadamente al vernos llegar. Había que armarse de valor para entrar y afrontar tan enloquecido corral. La dueña acudía a socorrernos, sobre todo cuando las ocas se nos acercaban peligrosamente, con su cuello estirado y su pico silbador; nos ofrecía bebidas y golosinas después de sentarnos en la inmensa cocina que hacía las veces de sala para todo. La conversación era escasa y el tiempo se eternizaba mientras ella iba envolviendo minuciosamente la bola de mantequilla de un amarillo intenso en una tela de estameña blanca. Las moscas se pegaban a una siniestra cinta amarillenta colgada del techo, quedando presas en ella; yo miraba arrobada cómo agitaban sus patas en el aire, inútilmente; la habitación olía a sidra y aguardiente. En el calendario de Correos, encima de la gran chimenea, una «vedette» de cabaret ligera de ropa ofrecía su amplia sonrisa junto a imágenes piadosas. Al ver la granjera que finalmente no nos iba a sonsacar nada más, nos invitaba a que la acompañáramos al cuarto de al lado; entonces ponía en marcha un gran aparato cromado del que salía en el acto una crema espesa con reflejos color marfil, cuya untuosidad invitaba a hundir los dedos en ella.

Nos mandaban también, aunque menos, a otra granja. Los granjeros, de origen belga, tenían numerosos hijos varones que nos parecían guapos sin excepción, lo que nos intimidaba mucho. Teníamos que llamar a uno de ellos para que acudiera a abrir y era un dilema decidir a cuál de las dos le tocaba. Cuando nadie nos veía a lo lejos, la espera delante de la reja nos parecía eterna. Recuerdo que un día, cansadas de pelearnos para saber quién iba a llamar, mi hermana, en un gesto magnánimo, hizo amago de sacrificarse, pero en el momento preciso en que acudieron a abrir la puerta, esbozó una pérfida translación: me di de narices y más colorada que una peonía con un joven granjero asombrado.

Otro día, llegamos en medio de un gran revuelo: en el corral, la familia Demuysse al completo rodeaba con mucho jolgorio a dos cerdos. Cuando por fin pudimos acercarnos, comprendimos atónitas y muy incómodas, que el cerdo se afanaba en cubrir a una cerda. Nuestros conocimientos en materia de educación sexual se limitaban a unos cuantos dibujos garabateados apresuradamente en la esquina de un pupitre por una compañera benevolente que se había encargado de saciar nuestra ignorancia; caíamos de las nubes; nos marchamos a toda prisa y tan turbadas que en el camino de vuelta, entregadas a nuestras imágenes obsesivas, no pudimos articular palabra.

III

Durante los primeros años, como la guerra había devastado la escuela –unos puntales sostenían las fachadas de las escuelas de chicos y de chicas, que flanqueaban simétricamente la casa del maestro, algo más alta que ellas–, nos asignaron el presbiterio. Sin cultura literaria entonces, esta palabra se me antojaba barroca e increíblemente complicada para designar una sencilla casa rural; los adultos en cambio parecían haberla adoptado sin problema. Además, resultaba cuando menos chocante que habitáramos precisamente ahí, conociendo el ateísmo declarado de Papá, auténtico pura sangre del laicismo, que sólo creía en Jules Ferry y que aprovechaba el menor pretexto para despotricar contra los curas. Pero fue una suerte increíble: al escapar por un tiempo de la vivienda oficial, nuestra diferencia quedó difuminada y la casa nos permitió además un contacto directo con la naturaleza.

En efecto, el presbiterio estaba precedido de un inmenso prado, con numerosos manzanos repartidos en torno a una alameda central y una especie de charca con ranas en la entrada. En cuanto a la casa, era una planta baja muy estirada que cerraba el fondo del prado en toda su longitud. Una casa rural sin lujos, pero sólida y con buena distribución; nuestra madrastra aprovechó la ocasión para relegar a su suegra a la otra punta, en el ala derecha, aislándola mediante una inmensa sala y un amplio zaguán, en lo que llamaba «sus apartamentos». Esperaba de este modo no quedar a merced de una madre excesivamente abusiva, siempre al acecho del menor movimiento de su hijo, y tomar así definitivamente las riendas de la casa. La Señora madre estaba invitada a ocuparse de sus asuntos y a inmiscuirse lo menos posible. Por supuesto, estaba invitada todos los domingos e incluso más si procedía, pero no así los días de diario como se le significó con total claridad.

Esta actitud un tanto dura nos resultó sorprendente pues veníamos de una tribu bretona que no excluía a nadie. Ese individualismo feroz era pues algo nuevo para nosotras. Íbamos a menudo en busca de noticias a casa de nuestra abuela paterna a la que le encantaba lamentarse y que la actitud de su nuera escandalizaba. De hecho, cualquier ocasión era buena para quejarse a nosotras, levantando los ojos y exhalando largos suspiros llenos de sobreentendidos. Con el tiempo, comprendimos que exageraba, que Germaine la tenía en palmitas, que era muy servicial con ella y que incluso le consultaba sus dudas. Sólo que la había alejado un poco para que los roles estuvieran claramente definidos y para no dejarse avasallar, lo que, de no haber tenido esa habilidad, se habría producido sin duda. Más adelante, comprendí que había querido también reservarse más oportunidades para la intimidad con mi padre, ya que sólo había tenido dos días de luna de miel y «heredado» dos hijas de golpe.

Pero a mi abuela, a la que llamábamos Mémère para distinguirla de las otras dos (pues también estaba la madre de Germaine), le encantaba que la compadecieran y necesitaba un público como nosotras.

Cuando nacieron nuestros dos hermanastros, al sentirse probablemente menos importante a ojos de su hijo, redobló de celos, y cuando la visitábamos, aprovechaba para echar leña al fuego: «Hijas, ¿habéis visto los magníficos zapatos que Ella les ha comprado a los chicos mientras vosotras seguís con vuestras galochas?». Pero nuestras galochas nos gustaban, todas las chicas del pueblo las llevaban y daba gusto oírlas sonar, en el asfalto, a la manera de los cascos herrados de los caballos jóvenes y, dicho sea de paso, a nosotras los niños nos parecían monísimos con sus zapatos nuevos.

IV

La vida seguía el ritmo de la escuela; en los primeros meses de clase, Papá, siempre pionero en materia pedagógica pues fue de los primeros en imponer el «método global»[4] para el aprendizaje de la lectura, quiso hacer de nosotras unos perritos sabios, así que ya antes de Navidad sabíamos leer; teníamos que hacer el paripé delante de todas sus compañeras de profesión, extasiadas ante nuestros progresos y nos exhibía, orgulloso, delante de sus amigos. Ni que decir tiene que, pese a nuestra precocidad y nuestros primeros éxitos, fuimos luego, por culpa de ese famoso método precisamente, irremediablemente negadas para la ortografía...

Durante las horas de asueto, y saltándonos la prohibición, penetrábamos en la vieja escuela siniestrada para jugar a los maestros. Las aulas estaban vacías, pero el juego era exaltante, en primer lugar, porque transgredíamos las reglas, lo que nos obligaba a vigilar permanentemente la entrada, en segundo lugar porque se trataba de auténticas aulas con auténticas pizarras y auténticas tizas de todos los colores que birlábamos a Papá. Verlas así de nuevecitas y perfectamente lisas, dispues-

[4] Método de aprendizaje de la lectura que consiste en fotografiar visualmente la palabra en su conjunto.

tas a entregar su materia polvorosa y su olor acre, nos entusiasmaba. Entonces, dábamos comienzo a unas clases interminables frente a alumnos invisibles pero atentos, que seguían al parecer con cierta dificultad las ecuaciones delirantes con que llenábamos las pizarras. A veces, cansadas de su silencio, levantábamos la voz mientras nos volvíamos hacia ellos con aire severo. Entonces, lo borrábamos todo para volver a empezar con una obstinación terca nuestras inútiles demostraciones. Nos dejábamos embriagar por el eco de nuestras propias voces que se perdía en la gran sala vacía. Pronto la pizarra se volvía a emborronar y nos sentíamos dotadas de una inteligencia superior, futuras Marie Curie embriagadas por su saber. ¿Habremos tomado entonces, a fuerza de gesticular y de expresarnos ante un auditorio virtual, la medida de nuestra vocación? El caso es que ya íbamos encarriladas con esa nuestra familia de pedagogos, y no es de extrañar que, más adelante, optáramos nosotras también por la enseñanza.

Afortunadamente para nuestro equilibrio, compensábamos la intensidad de nuestros esfuerzos escolares con actividades en el presbiterio. Hubo un largo periodo durante el cual me entregué con pasión a la jardinería pues detrás de la casona se extendía un inmenso «huerto del cura» que mi abuela paterna, mal que bien, intentaba cuidar. Mas no era suficiente y su buena voluntad no conseguía suplir su falta de competencia; Mamá tuvo que recurrir a una vieja campesina aguerrida en los pesados trabajos de laya y horca, que resistía a los embates de la edad y de la enfermedad con una voluntad de hierro, y exhibía sin pudor a quién se prestara, un pecho enorme totalmente corroído por un cáncer. En seguida, y como era de esperar, una rivalidad se instauró entre las dos mujeres y mi abuela encontró un nuevo pretexto para dar rienda suelta a sus celos, tanto más cuanto que la anciana concibió una pasión desenfrenada por Jean-François, nuestro segundo hermanastro, rizadito como un niño Jesús; se lo comía a besos, lo mimaba con exceso mientras ignoraba al mayor. La abuela rabiaba al no poder restablecer el equilibrio pues su pudor de Normanda le impedía competir con la exuberancia de la otra.

Así las cosas, el jardín fue durante mucho tiempo uno de los polos de atracción de la casa para las urbanitas que éramos. Y a mí me entró la locura por las balsaminas. Ignoro cuál fue la casualidad o cuáles los consejos –Mamá debió de tener su parte en ello pues nos sorprendía siempre con sus imaginativas propuestas–, el caso es que me vi un buen día dueña y señora de un amplio cuadrado en el que crecían en abundancia estas flores. Las sembraba, las metía en tiestos y las volvía a sembrar; me maravillaba la sencillez de su cultivo, la variedad de sus colores las regalaba a las vecinas que venían de visita y a todos los amigos, como un regalo supremo: quería que todos supieran de la generosidad de la tierra.

Pero había también, en aquella casona de una sola planta y de aires tan rústicos, un lugar más fascinante si cabe que su inmenso jardín: era el gran armario empotrado de la habitación de nuestros padres en el que Germaine había instalado su tocador, forrado con una profusión de cretonas floridas y de cintas de seda. Lugar secreto en el que pasaba largos ratos y donde a veces nosotras, espectadoras ávidas, éramos invitadas a presenciar sus abluciones. Pero eso era únicamente al final, cuando sólo le quedaba «quitarse los afeites» –la expresión me sigue haciendo gracia, pero era realmente la que se usaba– y maquillarse. Lo hacía con movimientos precisos y eficaces, inclinándose sobre la palangana para comprobar el resultado en el espejo de su superficie. Entonces nos gustaba contemplar, por encima de la combinación de finos tirantes, la espalda carnosa moteada de lunares y la nuca delicada, ribeteada por el cabello plateado recogido en lo alto de la cabeza para que no se mojara. Luego se daba la vuelta, se abrochaba el sujetador en el que resplandecía un pecho abundante y nosotras nos quedábamos mudas de admiración y de envidia. Venía después el ritual de las cremas, cuyas tapas doradas sobre botes de cerámica blanca abría y volvía a cerrar, los golpecitos en las mejillas, el olor embriagador a polvos de arroz que, con ayuda de una borla de plumas de cisne, iba pasando levemente por su rostro... Llegaba por fin el movimiento preciso del pintalabios de un rojo intenso, sacado de un estuche precioso; seguía minuciosamente el contorno bien perfilado de los labios que apretaba luego uno sobre otro a fin de homogeneizar el color y quizá prolongar su duración. Resulta curioso que las jóvenes de hoy y probablemente de modo aún más sistemático las mujeres españolas se empeñen en escoger pintalabios oscuros que a menudo se confunden con su tez; por mi parte, conservo la nostalgia de la época en que las mujeres se atrevían con ese rojo intenso que les daba el aspecto resplandeciente de las actrices de cine.

A continuación, venía el ritual de las medias: se las ponía cruzando una pierna sobre otra y separando mucho los dedos del pie por temor a hacer carreras pues eran demasiado costosas; el contorno de la pantorrilla se iba perfilando poco a poco, brillante bajo el nylon. Al llegar a la parte alta del muslo, sujetaba los bordes con las pinzas de goma rosa del liguero, adornadas con lacitos de satén. Curioso atavío que completaba el del busto desvelándonos una habilidad que un día, quién sabe, conseguiríamos hacer nuestra también... Cuando disponía de tiempo suficiente, llevaba el refinamiento hasta pulir sus magníficas uñas abombadas con un pequeño instrumento de gamuza que deslizaba sobre ellas, hasta conseguir el brillo del hielo. Admitidas en aquel gineceo mullido y calentito y como bajo el efecto de un potente encanto, asistíamos, cada vez más atónitas y embelesadas, al mismísimo misterio de la feminidad, algo preocupadas también por el hecho de no estar en el futuro a la altura de nuestro modelo, de sentirnos ya un poco diferentes. También recuerdo que un día, con ocasión del día de la Madre, le regalamos, en justa compensación, un magnífico par de medias de nylon de 10 deniers, tono «ahumado», delicadamente envuelto en papel de seda que crujía al moverlo y que realzaba maravillosamente la sutileza del punto. Habíamos puesto en ellas todos nuestros ahorros, pero era lo menos que podíamos hacer por ella que, a pesar de haber llegado tarde en nuestras vidas, encarnaba para nosotras a la Mujer por antonomasia y que se mostraba cómplice admitiéndonos en sus arcanos.

Era precisamente en aquel lugar, propicio a las confidencias, donde le gustaba desvelarnos sus pensamientos acerca de la felicidad y, más adelante, los consejos íntimos que creía era su obligación prodigarnos. Pero nada más llegar a Conteville, las chicas del pueblo se habían encargado de ilustrarnos sobre las «cosas de la vida», dejando pérfida y subrepticiamente unos dibujos explícitos encima de nuestros pupitres. Y ante nuestro estupor, se habían multiplicado las risas solapadas y ahogadas y las miradas con segundas. Habían seguido luego unas explicaciones torpes con las que nos conformamos durante mucho tiempo. Por eso nos resultaba incómodo tener que fingir ignorancia ante Germaine que se tomaba tan a pecho su papel de madre moderna y por cuyos esfuerzos, en un terreno que en aquella época no se abordaba con naturalidad, le estábamos agradecidas.

V

La vida de aquella época fue marcada por dos acontecimientos de peso, también relacionados con la guerra aún reciente.

El primero fue el pan de maíz. Llegó al pueblo precedido de un clamor creciente: vimos llegar a casa tres hogazas extraordinarias, grandes y olorosas, a las que se les dio inmediatamente un lugar preferente en el centro de la gran mesa, cubierta para la circunstancia con un mantel de un blanco impoluto. Aún hoy conservo la imagen del insólito andamio que formaban entre sí. Compartíamos nuestra excitación con Françoise, una sobrina de Germaine y un año más joven que nosotras y que había venido unos días antes a pasar las vacaciones de Semana Santa. Por fin nos sentamos todos a la mesa en torno a los escasos alimentos de la comida diaria pero que el pan de maíz convirtió en festín de reyes. Hincamos el diente con ganas en su textura tosca, engullendo la miga con un apetito feroz. ¡Era un auténtico bizcocho! Tras las muchas privaciones sufridas durante la guerra, nuestros padres, enternecidos, nos dejaban a nuestros excesos como si saciáramos un hambre de siglos. Y entonces, como el buen humor reinaba siempre en el ambiente familiar y más estando Françoise, nos dijeron que de tanto comer maíz ¡acabaríamos poniendo huevos!

Al llegar la noche, Germaine, siempre chistosa, coció unos huevos que deslizó sigilosamente por entre nuestras sábanas. Al día siguiente estábamos en clase, pero Françoise, que aún no iba, se levantó más tarde. Encontró los huevos, el suyo primero y, en nuestra cama los nuestros, y bajó la escalera como loca, congestionada por la emoción y gritando: «¡Tía Germaine, he puesto un huevo!», «¡Tía Germaine, he puesto un huevo!», «¡Chicas, vosotras también habéis puesto un huevo!», de tal modo que los alumnos mayores que estaban en el recreo cerca de casa lo oyeron. El colegio entero fue presa de una hilaridad colectiva que se extendió como un reguero de pólvora por todo el pueblo.

Siguieron más sorpresas, menos prosaicas tal vez, pero igual de fascinantes. Huérfanas de madre, nos enteramos un día, por un documento oficial, que nos habíamos convertido en «¡Pupilas de la Nación»! Curioso título cuya primera palabra tenía la ligereza del latir de alas de una mariposa pero que acababa de manera altisonante; cuando los mayores lo evocaban, nos sentíamos obligadas a aparentar cierta gravedad ¡como si hubiéramos cambiado bruscamente de identidad!

Un día, recibimos un paquete enorme y, honor supremo ¡iba dirigido directamente a nosotras! El embalaje era de un cartón muy fuerte, como nunca antes habíamos visto, y unos sellos con palabras en inglés prácticamente incomprensibles lo tachaban. Se trataba de la ayuda americana a la que teníamos derecho; se nos mimaba de modo especial: ante la familia reunida, sacamos unas bolas granosas y olorosas, con una hojita verde en un tallo corto: ¡nuestras primeras naranjas...! La casa olió durante mucho tiempo a ese nuevo perfume de esperanza y libertad.

Luego, como de una caverna de Alí Baba, sacamos un paquete grande envuelto en una tela color kaki. Todos aguardaban, impacientes; se necesitaron tijeras para abrirlo y de pronto apareció una tela blanca y tupida extremadamente robusta: ¡un paracaídas! Germaine estaba encantada, viendo de inmediato el provecho que sus dedos hábiles podrían sacar de ese bien precioso que nos caía literalmente del cielo.

En realidad, había dos telas distintas. La que probablemente constituía la capa externa del paracaídas y a todas luces la más fuerte, era una seda brillante y consistente con una trama relativamente aparente: sirvió para hacer nuestros vestidos de comunión; pero el colmo del lujo era la otra tela, una seda más fina, mate e infinitamente suave, y con reflejos lechosos, la tela más sensual de todas las que he visto nunca: cuando la tocábamos, apetecía prolongar indefinidamente su caricia untuosa. Con ella, Germaine hizo nuestros vestidos de bautizo pues al nacer no nos habían dado más que el agua de socorro y ella se empeñaba, en contra de la opinión de Papá, pero con el apoyo de nuestra familia materna, en darnos una formación cristiana. Así fue cómo, durante las dos ceremonias, todos quedaron extasiados ante el esplendor de nuestros trajes.

VI

Incapaz de resistir mucho tiempo al influjo de Germaine, Papá no tuvo más remedio que ceder para meternos en vereda, al menos en la suya, es decir la de la obediencia cristiana. Él, como ateo declarado, «normalien»[5] en el más puro estilo «Tercera República», no quería saber nada para sí de Dios ni de la religión y se sentía afortunado de haber sido destinado a un municipio sin cura, «servido» únicamente por el cura del pueblo vecino. Pero respetaba mucho las opiniones de los demás y, como era de esperar, porque él no «creía», nosotras tuvimos nuestra crisis mística. Un buen día, tuvo que aceptar que yo desfilara vestida de monja de San Vincente de Paúl con una enorme toca blanca, en la iglesia de Conteville, ante todo el pueblo reunido. En mi arrebato altruista, me sentía dispuesta a entregar mi vida por todos los pobres de la tierra o a cuidar de ellos en los hospicios más inmundos. De vuelta a casa, encaramadas en sendos brazos del sillón de Papá, intentábamos sin éxito convertirle. Tuvo siempre la suficiente sabiduría como para escucharnos y dejar que expresáramos nuestras dudas metafísicas.

[5] Diploma de la Escuela Normal de Magisterio.

Curiosamente él, cuyas opiniones eran conocidas, mantenía buenas relaciones con la mayor parte del clero con el que tenía que tratar; recuerdo que invitó a cenar unas cuantas veces a dos monjes trapenses que, en una determinada época, acudían al pueblo a dar conferencias.

Verlos llegar vestidos con una sobrepelliz de lino inmaculado, ceñido con una cuerdecilla que resaltaba su oronda barriga, era siempre para nosotras una sorpresa, pues más que el ascetismo, lo que toda su persona delataba era el gusto por la vida. Mamá se las ingeniaba para preparar una excelente comida y una animada conversación se prolongaba junto a una copita de Benedictine. Me encantaba ver a Papá charlando con aquellos hombres apasionantes y saboreando su erudición sin que asomara la menor reacción de intransigencia por su parte; creo que aprendí entonces el significado profundo de la palabra *humanismo* e intenté más tarde inculcar a mis alumnos esa noción. Entonces, a final de aquellas veladas, nos acostábamos muertas de sueño, pero con el corazón hinchado de una fraternidad cálida y, ya en la cama, sonreía pensando que no había tanta diferencia entre Papá y ellos en el plano ideológico y que Papá, con su cachimba y su barriga incipiente tenía, también él, pinta de monje.

Otro día vino a comer la Venus de Miló. Fue probablemente con ocasión de una kermés de la Amicale, de esas que Papá organizaba todos los años. Las atracciones, las casetas, los juegos eran siempre distintos y aquel año, la sensación era una mujer imponente, con aires de estatua griega y que no tenía brazos. Se presentó en casa para comer, antes del espectáculo.

En un primer momento, nos resultó difícil soportar su minusvalía, por mucho que la disimulara debajo de una blusa amplia y vaporosa que hacía girar con elegancia sobre sus hombros. Pero luego nos fascinó: se sentó a la mesa doblando discretamente sus piernas enfundadas en un pantalón blando sobre su vientre y se puso a comer con la mayor naturalidad del mundo... ¡con los pies! No podíamos dejar de mirar aquellos dedos que se abrían cual abanicos y se cerraban con una destreza asombrosa para asir el tenedor, el cuchillo e incluso los vasos, hasta el punto de que, al cabo de unos minutos, teníamos la extraña sensación de que las usaba ¡como auténticas manos! Toda desgracia era pues superable, comentábamos luego con Germaine. «Sí» recalcaba ella meneando la cabeza, «¡pero con qué paciencia y qué fuerza de voluntad...!».

VII

Aprovechando las vacaciones cortas, mi hermana y yo regresábamos a Ruán. Hacíamos el viaje en un autobús que cruzaba de madrugada la campiña dormida y bajaba resoplando por la larga cuesta de Bois-Guillaume desde donde se divisaba, tras la niebla, «la ciudad de los cien campanarios». Pronto, la ciudad salía de su amodorramiento, agasajándonos con mil dichas familiares: los desplazamientos en tranvía, las tardes de compras con sus dudas interminables antes de decidirse y finalmente, bajo el Gran Reloj, la pausa del té de las cuatro en Périer, ese antro de la glotonería medio escondido bajo las piedras de las murallas.

El autobús bajaba lentamente hacia la ciudad. El corazón se nos henchía de alegría pensando en el reencuentro con los abuelos que, la mayoría de las veces, nos esperaban en la estación. Aparecían por el andén, lo más cerca posible de la parada, él más delgado todavía, pero con el rostro relajado, dispuesto a disfrutar de los más mínimos instantes con nosotras; ella, un poco más retraída, en su sombra, pequeña y misteriosa, algo más arrugada aún, esperando también con ansia esos días que nos habían sido otorgados como un regalo valioso. Cogíamos el tranvía hasta la casa, de la que nos volvíamos a apropiar ávidamente. Nos llamaba siempre la atención la precocidad de la vegetación con relación a la de la meseta del Pays de Caux y era una alegría descubrir el jardín rebosante de flores de la estación naciente.

Ya en casa, nos precipitábamos a nuestra habitación en la que la abuela guardaba, cuidadosamente alineada, su colección de revistas del *Reader's Digest* cuyos números compraba fielmente cada semana. En su faceta documental, se adelantaban a la televisión que todavía tardaría una buena década en penetrar en los hogares. Nos pasábamos horas repantingadas en el diván, leyendo aquellos fascículos que tenían la ventaja de ser muy manejables y de abordar los temas más variados. Pero nuestra preferencia se decantaba por los artículos de divulgación médica. En aquel momento se hablaba mucho de tumores cerebrales y devorábamos con un escalofrío mórbido las experiencias más dramáticas. Había también muchos artículos de actualidad sobre el petróleo, la economía, las guerras. Éramos incapaces de detectar los prejuicios típicamente americanos de aquellas publicaciones, sólo me llamaba la atención la abundancia de publicidad.

Al recordar aquellas infinitas tardes de lectura, también me acuerdo, arrepentida, de nuestra total incapacidad a la hora de contener el desorden que subrepticiamente lo iba invadiendo todo a nuestro alrededor y para leer ordenadamente, colocando cada número en su sitio después de leído; no, era superior a nuestras fuerzas, el frenesí que nos embargaba era tal que nos precipitábamos sobre el ejemplar siguiente antes siquiera de haber guardado el anterior; es más, creo que el hecho de ver que compartíamos el mismo defecto, instintivamente nos tranquilizaba: se reducía la responsabilidad a la mitad. Además, la abuela, irremediablemente y a la menor ocasión, volvía a poner las cosas en su sitio, pero el contraste entre la habitación impecable que nos encontrábamos al llegar y el estado lamentable en el que la dejábamos me ha perseguido toda la vida. Me volví una mujer de orden, de grandes zafarranchos, pero incapaz de someterse en el día a día a esa disciplina de los pequeños detalles que hace que cada cosa debe volver a su sitio sin falta.

Y también llegó el cine. Durante mucho tiempo, representó para mí lo que el campo más podía envidiar a la ciudad, la expresión más fascinante de la modernidad. En pocos años, la abuela se había convertido en una apasionada del cine; primero, empezó viendo todas las semanas la película de la sala Gaumont de su barrio, luego se aventuró a ir hasta el centro de la ciudad donde la elección era cada vez mayor. Creo que debió encontrar ahí, en ese universo de ficción que de modo tan radical le alejaba de la realidad, la única manera de ahuyentar de verdad su profunda y lancinante pena, y nuestra llegada era para ella la coartada ideal para entregarse aún más a su pasión incipiente. Entonces, sin alterar sus costumbres, nos llevaba a ver una película cualquiera, sin discernimiento ninguno, y ocurrió que un día, en una película que contaba una historia sórdida cuya acción transcurría en un puerto con marineros borrachos y escafandros asesinos, hubo una escena muy atrevida para la época, con Mylène Demongeot[6].

[6] Actriz francesa muy famosa en aquel momento.

Philomène, espantada, intentó sin éxito taparnos los ojos con la palma de la mano y los brazos en cruz, pero por supuesto nosotras, demasiado intrigadas como para renunciar a ver qué era lo que provocaba tanto revuelo, nos escurríamos. Y ahí estaba la abuela, impotente y patética, cual Cristo arrepentido desgarrado entre nosotras dos.

Las separaciones eran siempre dramáticas. Unos días antes, Mémé empezaba a sentirse mal. Apretaba las dos manos sobre su pecho como si estuviera oprimida, repitiendo sin parar: «me falta ioodo» y arrastrando mucho la «o». De repente echaba de menos Groix, su isla natal. Después de tantos años, la que seguía diciendo que estaba exiliada en el «continente», pronunciando la primera sílaba como una «a» nasalizada: «kantinante», parecía ser víctima de una crisis aguda. Pero es probable que sólo fuera una maniobra de distracción provocada por su subconsciente para disimular su verdadero dolor, el de nuestra marcha inminente. Se entregaba en cuerpo y alma a la cocina o se inventaba visitas de compromiso de última hora a antiguas amigas acartonadas que nos mataban de aburrimiento. Pero soportábamos sus caprichos, pues nos encantaba escucharla, a ella en particular, divagando sobre el sexo de los ángeles.

El abuelo parecía afrontar mejor nuestra próxima partida pues en ese momento preciso, la emprendía con un mueble nuevo o con un trabajo de jardinería urgente que lo absorbía totalmente.

VIII

Años más tarde, la televisión hizo su aparición en Conteville. Papá adquirió el primer aparato para la escuela y la Asociación de Antiguos Alumnos. Nos convertimos en los alumnos más modernos de la región. Al principio, se organizaban sesiones por las noches para los vecinos del pueblo. Era como reanudar con las veladas de antaño; al principio, cada uno se traía su silla y Papá procuraba retener a la gente después del documental o de la película a fin de suscitar comentarios, como en un cine-club. Sin embargo, esta buena iniciativa resultó ser poco eficaz, pues las charlas y los cotilleos pronto pudieron más que las reflexiones cinematográficas y los telespectadores se esfumaban cada vez más pronto, salvo que el resurgir de antiguos rencores calentara sus mentes y acabara todo en pelea fuera del recinto... Por otra parte, el crédito bancario que empezaba entonces a convertirse en un auténtico salvavidas para los hogares permitió a mucha gente rivalizar con su vecino: pronto, casi todas las casas tuvieron su propio aparato y cada cual se quedó en su casa.

¡Pero Papá era emprendedor y tozudo! Para él, todo valía con tal de renovar el interés del público y despertar las conciencias. Su genio inventivo al servicio de la colectividad y su moral republicana hacían de él una especie de evangelizador laico. Había fundado la Asociación de Antiguos Alumnos con el fin de mantener vivo el vínculo con ellos y preservar ese espíritu humanista que había intentado transmitirles. La cosa funcionaba muy bien pues mis padres estaban siempre disponibles en sus horas de asueto y le insuflaban un gran dinamismo a la Asociación. Había kermés, bailes y viajes y un día, unas muchachas ayudaron a mamá a elaborar magdalenas que luego vendieron para financiar un viaje cultural a Holanda. Una actividad febril alborotaba la casa entera y la masa, hecha con mantequilla y huevos frescos y que iba subiendo lentamente en el horno en forma de conchas doradas, nos envolvió todo el día con su olor maravilloso. Se vendieron como panecillos y se echó un brindis en honor a Germaine que había tenido tan feliz iniciativa y que con tanto acierto había puesto las manos en la masa.

Más tarde, mis padres organizaron las primeras cenas anuales para las personas mayores, así como reuniones de toda índole con el fin de relajar la atmósfera en el pueblo, a menudo turbada por rivalidades mezquinas que había que intentar desactivar. Para ello, recurrían a voluntarios y hay que reconocer que eran muchos los que respondían. Pero lo que mejor logró unir a la gente, durante varias temporadas, fueron las representaciones teatrales de la escuela. Siempre atento a las novedades pedagógicas, mi padre se había dado cuenta en su propia clase de que la mejor manera de conseguir que se expresaran los jóvenes, cuya conversación se reducía demasiadas veces a monosílabos, era hacerles actuar. Empezó pues dándoles pequeños papeles convencionales en obritas facilonas, pero pronto se dio cuenta de que se expresaban mejor cuando eran temas de su libre elección. Así nacieron las sesiones de improvisación. En aquel momento, las dos éramos alumnas suyas y preparábamos el examen de entrada en «Sixième»[7] y como nos hacía estudiar intensamente, teníamos un poco la sensación de ser los pilares del grupo pues Papá contaba con nosotras para inyectar dinamismo a su experiencia. Su confianza nos daba alas y una gran fuerza de convicción frente a nuestros compañeros. La clase entera se subió a las tablas ante las familias reunidas; en realidad, era la sala grande de un bar habilitada para la ocasión pues disponía de un escenario para las orquestas de los sábados. Curiosamente, el propietario que la había cedido era el hombre más polémico del pueblo y las desavenencias entre vecinos tenían a menudo en él su origen. No obstante, supo, para la circunstancia, dar muestras de su generosidad. Todo el mundo se lo agradeció.

Habíamos confeccionado en clase un boceto detallado que nos sabíamos al dedillo y la obra pudo arrancar. Algunos descubrieron que tenían dotes de saltimbanquis, malabaristas, acróbatas o mimos, pero todos tomaban la palabra; inventábamos, sin darnos cuenta, gracias propias de la *Commedia dell'Arte*, pues por fin había espontaneidad en nuestras réplicas, que brotaban con pertinencia; el aplomo de algunos tenía un efecto tranquilizador sobre los demás de modo que nos superábamos y asombrábamos de nuestros logros mutuos.

[7] Curso correspondiente a 6º de Primaria.

Qué duda cabe que cosechamos un gran éxito frente a ese público rendido a nuestros pies. Los padres no dejaban de sorprenderse al descubrir facetas de sus hijos que no habrían sospechado y a la salida, veíamos cómo los más introvertidos en su casa comentaban animados la velada. Pasados los comentarios habituales y los agradecimientos, la gente se iba disolviendo y las calles del pueblo vibraban aún durante mucho tiempo con esa alegría de nuevo cuño que cada uno se llevaba bajo el brazo.

IX

El verano del viaje a Holanda, nos quedamos solas en casa con las tres abuelas; en un tiempo en que las llamadas «familias recompuestas» no existían todavía, tener tres era una rareza y éramos conscientes de nuestra suerte y de las ventajas que ello suponía. Fue un periodo excepcional pues estaban totalmente entregadas a nosotras ya que, por primera vez, los chicos se habían ido a veranear a una colonia. Milagrosamente, parecían haber olvidado las sempiternas letanías: «¡Disfrutad, niñas, que ya veréis lo rápido que pasa el tiempo!», o bien «¡Ay, qué fea es la vejez! ¡Veréis qué pronto llega!», y entre ellas, se había instaurado inesperadamente un *entente cordial*, como si su inconsciente hubiera decidido dejar de lado los celos y aprovechar plenamente una situación que tal vez no se iba a repetir nunca más. Fue para ellas una nueva juventud. Se las oía cantar al despertar, con voces apenas temblorosas. Era a cuál sería la más coqueta con su delantal de volantes o su blusa almidonada; olían maravillosamente, a lavanda o a clavel: daba gusto echarse en sus brazos y dejarse mimar. Mi hermana y yo nos preguntábamos cuál de ellas era la más guapa, si la bretona de rasgos delicados que el dolor había alcanzado prematuramente confiriéndole una belleza trágica, si la madre de Germaine que lucía un porte de reina y un magnífico pelo blanco, o si la de Papá, normanda genuina que conservaba el frescor de los prados pese a su avanzada edad. Hubo largos paseos por el campo, durante los cuales ellas se desahogaban hablando de su vida de mujer y de madre y nosotras les arrancábamos confidencias enternecedoras. Por supuesto, había una rivalidad entre ellas, pero era un placer ver, a través de su sonrisa hermosa y arrugada, cómo vivían de nuevo intensamente tomando junto a nosotras un nuevo impulso. Regresábamos con cestas llenas de dientes de león para hacer ensaladas divinas, engullíamos tartas hechas con la fruta de nuestras cosechas y ellas relamían las fuentes con la misma avidez golosa que nosotras. ¡Qué placer infringir juntas las reglas estrictas de la casa...!

Y mi hermana se enamoró del conductor de una excavadora, de origen italiano, que trabajaba en el suministro de agua del pueblo y que apareció una tarde en una de las últimas sesiones públicas de televisión; sus ojos magníficos y su estatura imponente habían dejado estupefacta a la asamblea de las féminas. Las tres abuelas, cómo no, nos acompañaban, pero ellas también habían sucumbido a sus encantos, turbadas por la mirada de fuego que de repente las había encendido. «Tiene una mirada que ilumina», dijo una de ellas a la salida. Nada extraño por tanto a que estuvieran siempre dispuestas, en los días que siguieron, a acompañar a mi hermana, que anhelaba una sonrisa de su Don Juan desde lo alto de su máquina y yo las veía alejarse como tres muchachas en flor, cogidas del brazo y embriagadas por emociones remotas y bocanadas de vida.

Hubo también la primera Vuelta a Francia retransmitida por televisión. Habíamos visto las primeras etapas con Papá que había sabido hacernos partícipes de su entusiasmo. Pero muy pronto las abuelas se picaron y era a cuál encendería primero el televisor y cogería el mejor asiento. Así fue cómo, a principios de julio, las tardes se convirtieron en un ritual. Hasta cerrábamos las ventanas para ver mejor y conservar así un poco de frescor dentro de la casa. Jadeábamos en las subidas, nos moríamos de miedo en las bajadas vertiginosas. Se nos escapaban gritos de angustia o de excitación. Nos veníamos abajo cuando a los campeones se les pinchaba una rueda. Nos poníamos nerviosas cuando fallaba el sonido del comentador. En los finales de etapa, era un delirio de entusiasmo cuando el ganador había tenido a sus perseguidores en vilo durante un buen trecho y también en el momento de subir al estrado para recibir el ramo de flores y el beso de la belleza de turno. Para ese héroe moderno cuyo esfuerzo tenía todavía una medida humana, era la consagración de un mérito que se debía a sí solo; aquella subida hasta el podio nos parecía sublime, tanto más cuanto que esa imagen no estaba tan manipulada como la de hoy por los innumerables medios de comunicación. En comparación, los días de descanso se nos antojaban tristes. Pude seguir así todas y cada una de las peripecias del inenarrable Bahamontes sin sospechar ni por lo más remoto que, una vez en España, mi curiosidad por él renacería y que, en adelante, no dejaría nunca de pasar por delante de su tienda de bicicletas, en Toledo, tienda desgraciadamente cerrada desde hace unos cuantos años...

X

En las vacaciones de verano, después de comprar Papá su primer coche, un Citroën tracción delantera negro de segunda mano, íbamos a menudo a Bélgica donde seguían viviendo unos primos suyos. Era siempre una larga expedición con al menos una avería por trayecto, y había que prever bocadillos y bebidas para las esperas en caso de reparación. Papá se paraba a menudo para comprobar el nivel de aceite y mientras el motor descansaba, estirábamos las piernas en los arcenes.

Durante el viaje, Papá, siempre pendiente de nuestra formación, nos iba describiendo las regiones por las que cruzábamos, los ríos, las ciudades, los monumentos, la actividad económica, la topografía y las formaciones geológicas sin olvidar nada pues todo tenía su interés a la hora de controlar o consolidar nuestros conocimientos. Llegábamos así hasta las llanuras del Norte y antes de conocer a Zola, los paisajes de las minas y de los escoriales ya nos eran familiares. Conocíamos los edificios cubiertos de polvo negro que las vagonetas de las fábricas sobrevolaban sobre un cielo eternamente gris y teníamos que luchar contra la melancolía que nos invadía en aquel decorado siniestro donde el trabajo humano parecía no ser compensado por nada.

Pero pronto y por suerte, con la frontera belga, los uniformes y el acento gracioso de los aduaneros, la diversión estaba servida... En seguida, Papá imitaba su acento, provocando un estallido de alegría dentro del coche, tanto mayor cuanto que ya todo era diferente y que penetrábamos en lo que para nosotros, en aquella época, era el mundo del lujo y de la opulencia.

Habitualmente, era tarde cuando llegábamos a Charleroi, la ciudad chispeaba con sus luces de neón y sus tranvías ruidosos dejaban una estela luminosa a su paso. Deslumbrados, intentábamos ver, al pasar, los escaparates de las hermosas tiendas iluminadas y rebosantes de novedades, pues entonces, el nivel de vida de Bélgica era muy superior al de Francia. Por fin, entrábamos en Marchienne-au-Pont. El primo hermano de Papá, Pierre, regentaba una tienda de motos. Había empezado a estudiar ingeniería, pero lo había abandonado todo antes de acabar para entregarse a su pasión por la mecánica, para desesperación de su familia. Y era efectivamente un ser singular que no deseaba nada tanto como ser percibido como un poco «tocado del ala». Me encantaba sentir el olor a caucho nuevo que impregnaba toda la casa. Pero lo que más nos llamaba la atención, aparte de la novedad del decorado, eran las innumerables muestras de cariño que todos nos prodigaban. Para nosotros, normandos más bien introvertidos y poco comunicativos, resultaba grato verse de repente objeto de arrumacos y palabras cariñosas. Curiosamente, aquellos Wallones se manifestaban con esa exuberancia que luego buscamos, mi hermana y yo a lo largo de nuestra vida, en la gente del sur o en los extranjeros.

Y, todo hay que decirlo, la glotonería también tenía su parte en la excitación de la llegada. Allí, la cena era como una merienda para nosotros: un café con leche con rebanadas de pan. Fue nuestro primer descubrimiento concreto de la relatividad de los usos y costumbres; pero para festejar nuestra llegada, solía haber grandes y numerosas tartas entre las que destacaba, por su extrañeza, la de azúcar moreno. Aquel sabor nuevo siempre será, para nosotras, emblemático de Bélgica.

XI

Otras veces, eran «los belgas» los que venían a Normandía, para pasar parte del verano en casa. Su llegada era casi siempre un espectáculo, pues en la época en que el primo Pierre seguía teniendo su tienda, llegaban a bordo de un sidecar, irrumpiendo con estruendo en Conteville. Primero, pitaba ruidosamente con el objetivo de alborotar todo el barrio y cuando ya un buen número de comadres había salido al umbral de su puerta para ver lo que ocurría y que ya había conseguido tener a su público, montaba un número que consistía en que, durante cientos de metros, iba subido de pie en el asiento de la moto con los brazos en cruz. A su lado, la pobre prima Juliette, sometida a un equilibrio precario pero acostumbrada a las excentricidades de su marido, sonreía con arrobo, pues su confianza en él era ciega. Nosotras, que llevábamos un buen rato en la calle acechando, aplaudíamos hasta tener las palmas de las manos al rojo vivo, exaltadas por esas vacaciones que tenían tan buen comienzo.

Y es que tenía también dotes de fakir... Aquello prometía... En los días posteriores, la casa se llenaba: sus hijas llegaban en coche al día siguiente, con la hermana de la prima Juliette, Lulú, y su marido Marcel; ella, filiforme y distinguida, fascinaba a Germaine, pues era profesora de artes domésticas y mi madrastra no alcanzaba a entender cómo lo que era tan fácil para ella podía ser objeto de una asignatura enseñada en las aulas; creo recordar que él era inspector de Hacienda; su jovialidad natural era acentuada por una tez colorada y un semblante redondo en el que saltabandos enormes ojos asombrados; acudían también otros primos, los de Beaussault: Annick, de la que siempre teníamos celos, pues aunque tenía un hermanito, Christian, para nosotras era la hija única de nuestra tía Thérèse; Raymond y Annette, hijos tímidos y dulces de tía Denise, y los parisinos, Annick que era todavía un bebe y sus hermanos Jean y André que nos impresionaban porque practicaban múltiples deportes. Pero, sobre todo, estaba Françoise, la sobrina de Germaine, convertida en un auténtico marimacho y sin la cual las vacaciones habrían sabido distintas. Todos ellos componían un mundillo heterogéneo y alborotador que necesitaba de cierto tiempo para congeniar, pero que llenaba pronto la casa con ecos alegres y acentos variopintos. Los hombres se afrontaban en el ping-pong, un juego nuevo muy en boga en Conteville y volvían sudorosos a la hora de comer, entre ellos Marcel, con los ojos como platos de tanta excitación y al borde de la apoplejía.

Papá, pedagogo incorregible, lo había organizado todo a la manera de un campamento a domicilio. Los jóvenes dormíamos en colchones en el suelo del desván. Nosotros estábamos desnortados y esa desorientación bien valía todos los viajes, pues las chicas estaban en una buhardilla y los chicos en otra, y jugábamos toda la noche a asustarnos unos a otros. Los primeros días, ya que luego se relajó un tanto la disciplina... teníamos que estar en pantalón corto a las siete de la mañana en lo alto de la escalera, dispuestos a salir detrás de Papá al toque de silbato, para correr y hacer gimnasia en el jardín. No vayan a imaginar la más mínima coquetería en el atuendo, la menor rivalidad en el vestir, como acostumbramos a ver hoy entre los jóvenes, ansiosos de señalarse mediante marcas, incluso en el terreno de los deportes.

Las cosas tenían que ser utilitarias y económicas: tanto las chicas como los chicos vestíamos por tanto el inevitable pantalón corto azul marino del uniforme escolar, cortado por el mismo patrón poco favorecedor pero que tenía la ventaja de ponernos ¡en auténtico pie de igualdad! Dábamos la vuelta al jardín detrás de Papá; lleno de energía matutina, nos llevaba a todos a un ritmo infernal, al menos ésa era la impresión que teníamos las chicas menos Françoise. Ella procuraba ocupar su lugar entre los chicos y a menudo hasta competía con ellos, mientras nosotras nos desanimábamos rápido y nos dejábamos distanciar fácilmente. Al principio Pierre nos acompañaba, distrayéndonos de nuestros esfuerzos con algún que otro número de acrobacia; entonces, como era de esperar, nos desconcentrábamos y teníamos que hacer trampa para mantener el tipo. Luego, venía la ducha fría; el primo Pierre asombraba a todos afirmando que él se duchaba con agua helada desde su más tierna juventud, que hacerlo prevenía las enfermedades cardiacas y que, con ese régimen, llegaría por tanto a centenario. Hacía con mucho gusto demostraciones de resistencia física, ¡pero eso no le impidió morir prematuramente! El desayuno nos reunía a todos en torno a la mesa, entonados y felices. El resto de la mañana, en principio, teníamos que dedicarlo enteramente a los deberes que hacíamos generalmente en la escuela o en una sala del ayuntamiento. Nos costaban enormemente las redacciones, las ideas escaseaban y las buscábamos desesperadamente con el lápiz en la boca, mordisqueándolo tanto que se convertía en una especie de pasta blanda; esperábamos coger la inspiración al vuelo cruzando nuestra mirada con la de los demás, pero nada brotaba de ella tampoco, estaba igual de vacía que la nuestra; unas moscas revoloteaban obstinadamente para acabar siempre en el mismo sitio, pese a los aspavientos que hacíamos para espantarlas. Pero las ideas seguían sin acudir. El tiempo se hacía eterno.

Varios veranos seguidos, las pruebas a las que nos sometían no acababan con las tareas escolares sino con una hora del punto con tía Angèle. Era una soltera cincuentona, bastante obesa, pero muy experta en los trabajos de aguja. Germaine tenía esa manía de querer formarnos también en el plano doméstico; teníamos que saber hacer todo tipo de cosas y nos repetía a menudo ese aforismo según el cual: «Para mandar, hay que saber obedecer», o ese otro: «Hacer y deshacer, siempre es trabajar». Dicho de otro modo, «los estudios no lo eran todo en (nuestras) vidas». Había impuesto esta actividad dentro del horario de vacaciones, lo que tenía el mérito de canalizar nuestra energía, incentivar a su tía con un papel relevante y sobre todo preservar un tiempo de descanso muy apreciado por los adultos a la hora del café que así podía prolongarse indefinidamente. Lo más gracioso era cuando había chicos en el grupo, pues ellos también habían de pasar bajo la férula de tía Angèle y demostrar, no tanto su aptitud para estos trabajos llamados femeninos, como al menos su buena voluntad. No era el caso de Françoise, más dotada para trepar a los árboles que para el punto y que solía poner mala cara. A veces, la sesión acababa con una escena tragicómica que era objeto de comentarios divertidos durante la comida.

Por fin llegaba la hora tan esperada de los concursos y trucos de magia del primo Pierre. Los adultos se instalaban confortablemente bajo el gran manzano, con pasteles y bebidas, y Papá daba instrucciones pormenorizadas a un público de niños atentos. Había pruebas de gimnasia, la búsqueda del tesoro, minijuegos de pista e incluso pequeñas sesiones de improvisación. Nos lo tomábamos todo en serio, concentrándonos al máximo, dando lo mejor de nosotros mismos, para alegría de los adultos que a veces hasta participaban. Las cámaras de foto disparaban de continuo. Todos se mostraban maravillados ante los talentos ocultos, los encantos de unos y otros y la suerte de poder compartir esos momentos.

Llegada la ocasión, el primo Pierre se ponía un turbante de fakir y daba comienzo a unas sesiones de hipnosis que nos hacían estremecernos de excitación. Su mujer era su comparsa más fiel, pero mi hermana se prestaba siempre a sustituirla, totalmente fascinada por esa mirada negra e insondable que parecía escrutar nuestro ser más profundo, hasta desear uno perderse en ella. ¿Habrá tenido ahí su origen su posterior interés por la India y los indios? ¿Sabremos nunca lo que las emociones de la juventud son capaces de desencadenar en la edificación del yo? Es tal su fuerza, que redescubrirlas intactas tras tantos años de olvido, nos deja sobrecogidos.

Lo cierto es que después de aquello, ninguna otra tarde de la infancia alcanzó igual intensidad: nuestra conciencia había quedado soldada a las cosas y a los seres en un puro estado de júbilo.

XII

Y la vida seguía, dulce y cálida, a pesar del trabajo duro de los adultos y de nuestros esfuerzos para estar a la altura. Papá volvía tarde por las noches pues, amén de la escuela y para redondear su sueldo, se hacía cargo del trabajo de secretariado de dos ayuntamientos. Se volvió un auténtico experto a la hora de resolver complicaciones de tipo administrativo y para poner en marcha los procedimientos necesarios cuando se percataba de la menor injusticia o de una lentitud burocrática inadmisible y perjudicial para los ciudadanos. De hecho, no dudaba nunca en recurrir al diputado de su circunscripción y si se terciaba, a dirigirse incluso al presidente de la República. Cuando años más tarde y *motu proprio* acepté un puesto de profesora con contrato «local»[8] en el Liceo Francés de Madrid, se sintió indignado e incluso ultrajado en su ideal republicano de igualdad al descubrir las enormes diferencias salariales consentidas por Francia entre su personal docente numerario[9], según fuera contratado localmente o directamente en Francia. No cejó en su empeño de que me implicara a fondo en este tema y tomó para mí contactos importantes y que surtieron

[8] Llamado así para distinguirlo del contrato firmado en Francia.
[9] Titular de la educación Nacional francesa.

efecto. Pronto me vi, y más bien a mi pesar, en la obligación moral de seguir sus exhortaciones: tuve que contactar con altos cargos cuando venían de visita a Madrid, mandar informes a ministerios cuyos ministros nos contestaban, acudir a una cita con el embajador recién nombrado... Los sindicatos se pusieron manos a la obra, el movimiento adquirió una dimensión internacional, la política cambió poco a poco y por fin acabamos ganando la batalla.

Descubrí entonces que la fe mueve montañas y que no hay nada como una convicción muy enraizada a la hora de defenderla. Pero la lucha más frecuente de mi padre en el pueblo, consistía en hacer valer los derechos de la gente más desprotegida, en informarla y orientarla. Estaba siempre disponible, siempre a la escucha. A los patronos menos escrupulosos les echaba en cara sus abusos y si no se avenían a razones, sabían, porque se lo advertía, a qué se exponían. Informaba entonces a los empleados acerca de los trámites a seguir si llegaba el caso. Por supuesto, se granjeó con ello la enemistad de algunos, pero su humanidad y su gran probidad hacían que se le respetara y estimara en toda la región.

Además, con su «labor social» *avant la lettre,* Germaine era para él un verdadero respaldo. La recuerdo todavía cortando y cosiendo un abrigo para una empleada de la escuela que estaba en apuros, o haciendo de enfermera con personas mayores necesitadas y todo ello, sin manifestar la menor reticencia, sin jamás escudarse, para restringir su ayuda, en su dolor de riñones que ya entonces empezaban a hacerla sufrir. Verlos a uno y otro regresar a casa cansados, pero felices, ha sido sin duda para nosotras Normandas el ejemplo de vida más constructivo. En casa era igual, nuestros padres tenían el sentido de la fiesta y ése era quizá el mayor regalo que nos podían hacer tras los altibajos de la primera infancia. Y fiesta significaba tanto el constante buen humor o la satisfacción de una broma pertinente, como la celebración de un cumpleaños o de una fecha señalada. Fiesta era ante todo una preparación compartida, ya que todos en la familia éramos partícipes. A mi hermana y a mí nos gustaban en especial las tardes de pastelería en las que nos poníamos todas manos a la obra. Estar impecables era el primer mandamiento. Mamá, toda peripuesta con su precioso delantal de volantes de cretona que resaltaba sobre el blanco de su blusa, tenía el encanto de un hada madrina. Recién maquillada, se abalanzaba sobre la masa de las tartas o de los bizcochos con mucha energía. Nos zambullíamos a manos llenas en los pozos de harina, disfrutábamos manchándolos con agua y huevos y amasando su sustancia pegajosa que milagrosamente se acababa convirtiendo en una materia elástica y moldeable que estirábamos entre risas. Germaine seguía organizándolo todo, daba órdenes, vigilaba su ejecución con el ojo del experto. Nos reíamos cariñosamente unas de otras al tiempo que respirábamos los olores apetitosos que empezaban a escaparse del horno. Para alegrar un poco más la cosa, se ponía a soñar en voz alta en nuestro porvenir, en nuestros próximos encuentros y nosotras nos proyectábamos con ella en un futuro radiante en el que, por supuesto, tendría un sitio preferente. «Niñas, por vuestro dieciocho cumpleaños, os haré un vestido de noche».

XIII

No puedo dejar que salgan a flote los episodios más relevantes de Conteville sin evocar el día en que descubrimos el mar. Sabíamos que estaba cerca, en Dieppe, a escasos sesenta kilómetros, pero hasta entonces no lo habíamos visto; de ella, nos llegaban los vientos de alta mar, en esa Normandía oceánica recorrida incesantemente por nubes procedentes del oeste. Pero en aquella época, una excursión hasta la orilla del mar era todavía una odisea. Fue por tanto uno de los primeros viajes con el primer «Traction Citroën», después de las visitas obligadas a Bélgica. Se hablaba del tema desde hacía una semana. Mémère nos ponía en guardia contra las quemaduras del sol y buscaba viejos sombreros. Mamá preparaba bocadillos de paté rústico y de paté de foie cuyo olor ya nos abría el apetito. Añadía pepinillos caseros y lechuga del jardín, dejando la salsa aparte para no estropear su frescura. Junto con las botellas de agua, pusieron unas cuantas botellas de sidra dulce, pues había que festejar la novedad del descubrimiento. Nos embarcamos en el coche llenos de júbilo y de impaciencia; era a cuál lo vería primero; al cabo de cincuenta kilómetros, nos parecía divisarlo en cada curva.

Por fin apareció. Gris y azulado por momentos, según los juegos de luz de sus movimientos incesantes. Lo que más me fascinó fue el estruendo que llenaba todo el espacio con una obstinación terca, y ese hilo del horizonte rectilíneo que cortaba el cielo a lo lejos. Nos quedamos largo rato sin voz, contemplándolo: nos sentíamos como imantados por su inmensidad; hasta los más pequeños se quedaban quietos, boquiabiertos, presos de una repentina reserva. Luego, daban brincos de impaciencia por tirarse al agua. Pero como en cualquier amor verdadero, hubo que pasar por la prueba de la conquista, pues para sumergirse en ella había que cruzar la extensión de cantos rodados que hacían un daño atroz en la planta de los pies, amenazando a cada paso nuestro equilibrio. Finalmente, el frío helado del primer contacto detuvo bruscamente nuestro impulso. Aun así, la alegría colectiva fue más fuerte, pues Mamá había decretado que no había nada mejor para la salud y la moral que esos baños de mar vigorizantes. ¡No sería en el Mediterráneo donde íbamos a tener esto! Luego, Papá fue a por la cámara de aire de un viejo neumático que se colgó triunfalmente del hombro, cual Sísifo feliz. Una vez izados en su interior, los niños se reían, sorprendidos por los movimientos caprichosos de las olas. Después, nos tocó a nosotras y la primera caída nos reveló el amargor del agua de mar cuando penetra en los pulmones sin avisar, cortando bruscamente la respiración. Pero eso también formaba parte de la excitación del descubrimiento, aunque nos provocara muchas muecas. El olor a iodo y a varec habiendo aguzado nuestro apetito, la comida en la playa también resultó memorable.

Nos volvimos de noche, con las mejillas azotadas por las salpicaduras de las olas y con los ojos llenos de imágenes de puerto y de aguilones normandos con su entramado protegiéndose del viento frío a orillas del mar.

Fueron muchas las oportunidades que tuvimos de descubrir la Costa de Alabastro con sus matices infinitos, tan cambiantes como los caprichos del tiempo. La meseta del Pays de Caux, de un verde intenso, desembocaba en unos acantilados blancos que caían en vertical sobre el mar y unas *valleuses*[10]cortaban su verticalidad a la manera de pequeños valles colgados. Era fascinante pasearse por ellos y atreverse a mirar abajo, desafiando el vértigo que el viento acentuaba silbándonos en los oídos. Inevitablemente, nos asaltaban ideas confusas acerca de la noción de límite, de final, de interrupción. Y apareció esa increíble aguja de Étretat con su arco blanco, la puerta de Aval, que parecía querer cabalgar sobre el mar. Son imágenes que se quedan grabadas, pero lo que desde siempre me hechizó en Normandía, es la poesía de los nombres propios, su autoafirmación, como si pretendieran anclarse en la tierra: Bruquedalle, Beauvoir-en-Lyons, Ermenouville, un número inagotable por cierto de nombres en «ille», algunos con el encanto añadido de su propio decorado retro: Trouville, Deauville; su pesadez rústica: Beaumont-en-Auge; o su liviandad inefable: Honfleur, Veules-les-Roses, Fleury-sur-Andelle; o incluso también una mezcla de todo ello: Saint-Valéry-en-Caux. También me gustaba mucho que hubiera algo insensato

---

[10] Pequeños valles.

en las palabras y que, en el Pays de Caux, se llamara «cuneta», precisamente lo que en cualquier otro lugar es un «talud».

Con la distancia, puedo decir que este amor por los nombres y los lugares me fue inculcado, sin lugar a dudas, por el marido de la directora del Curso complementario al que fuimos después de Conteville para proseguir nuestros estudios secundarios. Enseñaba la historia y la geografía y en otros cursos, también la literatura francesa y no había nada que se le escapara de su región a la que conocía al dedillo, hasta el punto de haberle dedicado varios libros de investigación. Aún recuerdo el entusiasmo con que nos explicaba los anticlinales y los sinclinales de la «Boutonnière del Pays de Bray» donde nos encontrábamos y que formaban nada menos que un relieve ¡característico de los Apalaches! razón por la que el afloramiento del jurásico en la superficie del suelo permitía admirar en Forges esas magníficas hortensias azules que no se encuentran en ningún otro lugar de la región; y cuando alguna vez tenía ocasión de verlas en Forges, sentía dentro de mí la felicidad secreta de saber que su color excepcional provenía de antiguos movimientos terrestres. Su mujer y él formaban una pareja extraña, sanguíneo él y de complexión fuerte, con un físico a lo Flaubert, y delgaducha y austera ella. Y curiosamente, pensando en ellos, descubro que tal vez debo a su entusiasmo el que, años más tarde, me haya afincado en España y vinculado a este país para el tramo más largo de mi vida. En efecto, cuando España era todavía para mí un simple trazo en un mapa, ellos nos lo hicieron descubrir a la vuelta de un viaje de vacaciones de Semana Santa, a través de una sesión de diapositivas largamente comentadas. Me acuerdo de unas vistas de la Costa Brava aún preservada del boom turístico, de referencias a Dalí, de la audacia onírica de los monumentos y casas de Barcelona, pero lo que más marcó mi joven memoria fueron las diapositivas de la meseta castellana quemada por el sol, o las que mostraban la indigencia espantosa de las Hurdes, cara opuesta de mi risueña, prudente y opulenta Normandía.

Tercera parte

FORGES-LES-EAUX

I

Las cosas se precipitaron cuando fuimos internas en el Curso complementario de Forges-les-Eaux. Primero, hubo que afrontar una nueva ruptura, la de una familia unida en la que los dos hermanos menores, muy queridos, equilibraban la balanza con nosotras, las dos hermanas mayores. Fue por supuesto un desgarramiento, pero felizmente atenuado por la necesidad de adaptarnos lo antes posible a un orden nuevo.

Entrar en el internado fue algo así como meternos a monjas; habíamos pasado por la prueba agotadora del examen de entrada en *sixième*[11], primer choque brutal con nuestras responsabilidades, y superarlo era el desenlace lógico de un determinismo familiar y social pero también de una elección íntima. Estábamos convencidas de que para nosotras era la única vía válida y aceptábamos sin rechistar un orden vital que, pese a su disciplina y su dureza, nos iba a formar y construir.

No era la primera vez que nos separábamos de la familia –volvíamos al redil a final de mes pues en aquella época, una mayor frecuencia hubiera sido considerada una gran debilidad– ya que la separación de los abuelos había sido bastante más dolorosa; el «aterrizaje» en un grupo de chicas en el que

[11] 6º de Primaria.

muchas se conocían entre sí del año anterior y hacían una piña frente a las nuevas y un ritmo diferente fueron inconvenientes rápidamente compensados por un buen número de novedades.

Antes de evocarlas, contaré cómo, sin querer, me señalé desde la primera noche. Habíamos guardado cuidadosamente nuestras cosas en el pupitre y tras la primera cena todas juntas, nos subimos al dormitorio común a fin de colocar nuestra ropa marcada con nuestro nombre en los armarios metálicos y acostarnos. Mi hermana y yo procurábamos consolarnos mutuamente de la inevitable angustia que nos invadía, fingiendo despreocupación y riéndonos de nuestros largos camisones recién estrenados... No sé a santo de qué, puesto que no era en absoluto una costumbre mía ¡me puse de pie en la cama para acostarme! Por desgracia, la directora llegó en aquel preciso momento para comprobar el buen funcionamiento de nuestra instalación. Se horrorizó al verme así, en esa postura de dominación, quizá la de un futuro cabecilla, y debió interpretar mi actitud como una provocación que había que cortar de raíz. No me regañó públicamente, pero con tono seco me convocó al despacho de su marido, al que apenas había visto a nuestra llegada, para el día siguiente: era un hombre impresionante por su estatura y su físico de Normando. No pude pegar ojo en toda la noche, por no haber sabido capaz de controlarme, atormentada por el hecho de haberme señalado de ese modo tan estúpido a ojos de todos e indignada por un castigo que me parecía injusto y desproporcionado.

Hoy, no puedo dejar de sonreírme pensando en lo mucho que ha evolucionado la disciplina y las muchas precauciones que se toman con tal de no traumatizar a los alumnos... Afortunadamente, al día siguiente el alivio llegó pronto: la estatura del señor Coffin, sentado en su despacho, seguía siendo impresionante pero una bondad natural iluminaba su cara; me recibió con amabilidad y una pizca de humor y me convertí de inmediato en una incondicional suya. En mi fuero interno, perdoné a su mujer cuya reacción atribuí al agotamiento de la vuelta al cole.

II

Tras los primeros meses de adaptación, nos envolvió la rutina de las clases. El asunto era serio. En aquella época, aún no se hablaba de motivación y el menor obstáculo –y sabe Dios que los había– era percibido como un reto, al menos en un principio. Si no éramos capaces de superarlo, un desánimo insidioso se apoderaba de nosotras, que nos costaba vencer. Nos tirábamos de los pelos ante las incoherencias de la ortografía usual que en cada dictado nos tendía sus trampas, así como de las lecciones de gramática *teorizantes* de la directora. Afortunadamente, contábamos la una con la otra y nos ayudábamos mutuamente. Aun así, sufríamos mucho cuando, en los exámenes orales ante toda la clase, una u otra dudaba o se quedaba muda durante unos minutos que parecían una eternidad; nos animábamos entonces con la mirada y, con nuestro único poder de sugestión, casi conseguíamos transmitirnos la respuesta o darnos al menos una pista para no desmerecer. He de decir que durante mucho tiempo tuve que llevar a mi hermana a cuestas, pues necesitaba de las muletas que yo le podía ofrecer; hoy creo poder afirmar que le había cogido el gusto a la situación, que incluso reivindicaba abiertamente su posición de inferioridad; es más, cuanto más me remonto en el tiempo, más tomo conciencia del rédito que siempre supo sacarle a su papel de víctima, víctima de mí pero también víctima del saber. La llevaba a remolque como una cruz y me hacía sufrir con su aparente fragilidad intelectual, como si tuviera una necesaria relación con su fragilidad física. Tuve que esperar hasta el último curso de bachillerato, en otro instituto, para asistir al fin a su triunfo: el profesor de filosofía, sensible a su juego, la vapuleó, pero supo también destacar su valía, de modo que ¡por fin fue capaz de conseguir una nota superior a la mía...! A partir de ahí empezó una verdadera rivalidad entre nosotras y ver que por fin competíamos en igualdad de fuerzas supuso para mí un gran alivio. No había sido el caso en Forges.

III

El internado era un edificio de mediados del siglo XX que daba a un gran patio y a un cobertizo. Se encontraba en una calle muy tranquila de aquel pueblecito normando adormilado que el mercado despabilaba una vez a la semana con su trajín de campesinos regordetes y colorados y sus reses pesadas y lentas. Los bares se animaban al ritmo de los vasos de calvados prestamente engullidos y el olor a humedad y tabaco impregnaba los pantalones y las chaquetas de pana. Pero sólo en contadas ocasiones podíamos disfrutar de esa atmósfera viril y asaz empalagosa y era cuando nuestros padres, teniendo asuntos pendientes en Forges, nos sacaban del internado.

Saboreábamos entonces nuestra corta libertad dando brincos como locas por las aceras delante de ellos, lamiendo literalmente los escaparates de las pastelerías donde los pepitos de chocolate y las religiosas[12] competían por el lustre de crema acharolada; nosotras nos teníamos que contentar a menudo con un bocadillo de jamón con mantequilla devorado en un bar con pinta de merendero. Pero rápidamente arrastrábamos a mamá para ir a ver los escaparates de las escasas tiendas de ropa, mientras Papá fumaba su pipa con aire ensimismado,

[12] Pastelillo redondo relleno de crema de chocolate o de café.

sentado en una esquina. Aquellos momentos robados al internado me enseñaron a tomar conciencia del momento presente y de la relatividad de las apreciaciones humanas, pues una vez fuera del internado, me sorprendía a mí misma fantaseando sobre los momentos privilegiados de la vida comunitaria, apreciando incluso su lado placentero hasta el punto de que, hacia las cinco, unas ganas irreprimibles de volver me asaltaban.

En el internado, la monotonía de nuestra vida sumamente reglada sólo era alterada por la rivalidad entre las internas. A veces, eran ansias frustradas ante la comida guardada en nuestras cajas de madera blanca, cerradas con un candado y que sólo podíamos abrir de cuatro a cinco, a la hora de la merienda. Espiábamos siempre las cajas de las demás, en particular los lunes, día en que habían sido «repostadas». Las hijas de los granjeros acomodados, que regresaban a casa cada sábado, traían golosinas e incluso mantequilla y chocolate en abundancia; lo suyo era una auténtica fresquera; algunas, las menos, eran generosas y disfrutaban compartiendo, pero la mayoría lo guardaban para sí celosamente. Podía ocurrir entonces que las mayores utilizaran su poder para intimidar a las más pequeñas o las más débiles, lo que desencadenaba escenas violentas.

Y había también otras crisis de celos. Mucho más que los éxitos intelectuales, era el atractivo físico el que suscitaba las rencillas. Envidiábamos la cabellera de ondina de una, la perfección de un rostro de madona, el perfil distinguido de otra. Una noche, hasta hubo un altercado en el comedor después de cenar, entre una empleada bastante descarada que se solía inmiscuir en nuestras historias y una de nuestras compañeras, alta, desgarbada y escuálida, con pinta de modelo. ¿Acaso ésta se había pavoneado delante de la otra para que se avergonzara de su silueta rechoncha? El caso es que la cocinera se abalanzó sobre Nadia sacándole triunfalmente de la blusa rota dos grandes bolas de algodón que hacían las veces de relleno. Nos moríamos de vergüenza ajena. La cosa acabó entre bofetadas y gritos que alertaron a la dirección. En aquel microcosmos juvenil, apenas más clemente que el de los adultos, aprendimos las leyes implacables de la sociedad y poníamos todo nuestro empeño en burlarlas. Entre las dos, la cosa fue más fácil.

IV

La sala que llamábamos «el estudio» era alargada y con buena calefacción ya que, fuera del horario de clase, permanecíamos en ella la mayor parte del tiempo. Había como un calor animal en la cercanía de los cuerpos medio repantingados encima de los libros, en un tiempo que se hacía eterno mientras las mentes intentaban descifrar o memorizar las lecciones del día. A veces era la modorra la que ganaba la batalla, pero podía ocurrir que un espectáculo singular nos sacara de ella: el hijo de la directora irrumpía ruidosamente en el patio hasta entonces silencioso, con un balón de fútbol entre las piernas, y él solito daba comienzo a un increíble partido de fútbol en el que hacía de cada uno de los protagonistas sucesivamente. Él era a la vez el equipo entero y el comentarista. Parecía incluso que una muchedumbre invisible le aplaudía pues imitaba su alboroto y su exaltación con sonidos más apagados. Seguíamos involuntariamente los altibajos del partido con sus aceleraciones fogosas que le llevaban a las cuatro esquinas del estadio imaginario: «Navarro pasa el balón a Real, que lo encaja, lo pasa a Gento, que dribla hábilmente», y avanzaba haciendo eses y contoneándose como para esquivar a dos jugadores del equipo adverso... Oíamos cómo se le aceleraba la respiración, cómo babeaba en la excitación del juego y la precipitación de los comentarios: «...sobre un córner de Gento, Di Stefano salta por encima de los demás en pleno corazón de la defensa y propulsa el balón ... gol ... GOOOL...». Jadeando, volvía a cruzar el patio entero en el que resonaba el ruido de sus zapatos y los roces del balón. Era difícil retomar el hilo de nuestras lecturas, pues aun cuando metíamos de nuevo la cabeza en los libros, no podíamos dejar de seguir a medias los nuevos sobresaltos del partido. Estoy convencida de que más de una vocación deportiva debió de brotar de aquellas maniobras viriles tan apasionadamente comentadas.

¿Quién me iba a decir que, sin llegar a ser nunca una forofa del fútbol, el Real Madrid iba a convertirse en una referencia obligada de mi vida futura, pues viviendo desde hace mucho tiempo en la capital española, ¿han llegado inevitablemente hasta mí los ecos de los grandes partidos y he visto el entusiasmo o la perplejidad de los hombres de mi familia?

También tuve la oportunidad de descubrir, pero ya muy tarde y gracias a Zinedine Zidane haciendo malabarismos con el balón delante de las cámaras de televisión, la destreza y la elegancia de un gran campeón. Me agradaba que fuera francés y uniera así, simbólicamente, a nuestros dos países.

V

Y llegó Elisabeth... Elisabeth Taylor, naturalmente. Como se pueden imaginar, no se trata de la visita de la gran estrella a un poblacho perdido del Pays de Bray cuya existencia solo podía ignorar. Sino de mi «colección de Elisabeth». Era la gran actividad del internado, la ocupación más apasionante durante las largas horas de los jueves y de los fines de semana. Se trataba de recortar en los periódicos, en las revistas y sobre todo en las fotonovelas muy en boga entonces, todas las fotos de la estrella de cine elegida para luego pegarlas con mucho mimo en un gran cuaderno. Nos pasábamos horas hojeándolos e imaginando lo que se escondía detrás de cada foto. Ello podía dar lugar a comentarios sin fin y a intercambios con regateos interminables. No escuchábamos discos, rara vez íbamos al cine, no había aún conciertos tumultuosos en los que una muchedumbre en delirio se desmaya ante su ídolo preferido; las histerias colectivas no empezarían hasta la generación siguiente; nosotras nos extasiábamos ante nuestras estrellas inmovilizadas en poses eternas y les rendíamos el homenaje del silencio.

Las cosas empezaban siempre del mismo modo: una de las «mayores» ya experimentada en el manejo de los documentos, otorgaba el nombre de una estrella a una «pequeña» deseosa de empezar su propia colección y todas se ponían a cantar las virtudes de la artista de marras, asombrándose de que aún no hubiera sido «escogida»; de hecho, todo el mundo colaboraba al principio, lo que hacía que la colección arrancaba de prisa; luego, se hacía más difícil, por eso la alegría de cada nuevo «hallazgo» era mayor. A mi hermana «le tocó» Viviane Romance, de nombre tan prometedor: descubrimos a una hermosa morena de cara ancha, cuya cabellera se desparramaba en ondas en cada beso.

En aquella época, la estrella más prestigiosa era Vivien Leigh, la inolvidable Scarlett O'Hara de *Lo que el viento se llevó,* y si bien es cierto que Elisabeth Taylor no poseía su envergadura, ya embelesaba a todos con su frescura, sus formas redondas y sus ojos de un color entre miel y violeta. Encarnaba para mí la feminidad misma y la adoración pasiva que le profesaba me consoló en más de una ocasión de los desengaños y angustias del cambio de vida: su sonrisa irradiaba luz y esperanza sobre mi propio porvenir.

VI

También formaban parte de la rutina inexorable del internado de Forges, los largos paseos de los jueves y domingos que fueron para mí, al principio al menos, un verdadero suplicio. En primer lugar, porque cruzábamos el pueblo en fila india detrás de la vigilante de turno y eso, por las calles del pueblo, me resultaba humillante; luego, porque envidiaba la suerte de los jóvenes con los que nos cruzábamos por la calle y que gozaban de la absoluta libertad de ir adonde les daba la gana. Además, aquellos paseos me parecían interminables y me moría de ganas de volver a la sala de estudio y a nuestras ocupaciones escolares. Por suerte, íbamos en general hasta las malezas olorosas que bordeaban el estanque y bebíamos el agua de una fuente fresca y ferruginosa situada junto a él –pues Forges-les-Eaux era una pequeña estación termal– cuyo sabor era sorprendente, ligeramente acre. Con objeto de resaltar sus propiedades, habían colocado debajo una ramilla que había tomado en poco tiempo el aspecto de un alambre oxidado. Volvíamos a casa entonadas por el aire intenso y embriagadas por el olor persistente de los helechos.

Y fui cogiéndoles el gusto a esas salidas obligadas pues permitían un contacto más auténtico con nuestros compañeros.

Mi hermana y yo empezábamos a percibir nuestro alejamiento mutuo como una necesidad vital y jugábamos a veces a arrimarnos en la fila a otra muchacha, la cual acababa rápidamente convirtiéndose en una nueva amiga. La monotonía de la marcha, el aburrimiento que nos invadía antes de llegar a la linde del bosque y, una vez allí, el frescor de las malezas, todo invitaba poco a poco a las confidencias. Hasta el punto de que muchas veces nos olvidábamos de la longitud del trayecto, encontrándonos súbitamente con la nariz pegada al portal del internado, desprevenidas y sin haber podido agotar la conversación.

Al rememorar aquella época, me vuelve a la mente un hecho extraño. Llevábamos apenas tres meses en Forges cuando, en el recreo, me caí de mala manera rompiéndome el brazo. Vi cómo, en su mitad, el hueso hacía un ángulo recto y aquella visión me pareció tan insostenible que instintivamente y en caliente, quise enderezarlo. Evidentemente, la maniobra resultó ser pésima y hubo que llevarme a una clínica para volver a romper el hueso y recolocarlo convenientemente. Me anestesiaron con cloroformo. Era particularmente desagradable, sobre todo el olor a goma de la máscara que de modo autoritario me pegaron en la nariz como queriendo ahogarme. Pero ¡y el sueño que tuve...! Tan nítido todavía que puedo hacer que hoy resurja con fuerza. Me estaba bañando en aquel estanque del bosque de Forges precisamente y me dejaba invadir por sus numerosos y embriagadores olores. El tiempo se eternizaba en un bienestar maravilloso. El decorado me parecía más real que el auténtico. Algunos miembros de mi familia aparecían en un segundo plano, vagamente, como reunidos para un picnic, pero curiosamente, un hermano de Germaine al que yo apenas conocía estaba a mi lado. No he dejado de preguntarme después por qué. Sea como fuere, disfruté de una felicidad perfecta.

VII

Sin embargo, entre todos los momentos importantes vividos en Forges, el más exaltante fue cuando me subí de verdad a las tablas con ocasión de una representación teatral. Fue, todo hay que decirlo, al modesto nivel del aficionado, pero aquello me marcó profundamente.

La fiesta de los Cours complémentaires de chicas tenía lugar todos los años y los directores ponían en ella todo su empeño y energía; se llamaba «La Fiesta de las Vincapervincas». Pese a lo cursi del nombre, aquella fiesta tenía gran resonancia en el pueblo e incluso los chicos del otro Cours complémentaire participaban en ella cuando los necesitábamos. Un día, al final de una de sus clases de literatura francesa, el marido de la directora, el hombre que se parecía a Flaubert y cuya cultura nos abrumaba, nos anunció que íbamos a representar *La Farce de Maître Pathelin*. Yo estaba encantada pero inmediatamente después decepcionada pues me designó de oficio para el papel de Guillemette. En aquella época, ni se nos ocurría contestar una decisión. Yo temía no estar a la altura. Aprendí, pues, mi papel concienzudamente, así como las réplicas de mi pareja a fin de saber en todo momento cuándo intervenir; todavía recuerdo el primer ensayo del arranque de la obra, que empezaba con Maître Pathelin, mi marido:

Guillemette, ma pauvre femme
On ne vient plus comme autrefois
Nous proposer la moindre affaire
Et cependant, à part le maire
Il n'est point d'homme plus savant que moi... [13]

Me gustaba su ritmo, la inflexión forzada de la voz, la hipérbole; mis réplicas en cambio eran más insulsas.

Después, llegaban las gracias y los enredos propios del género.

Y me llegó el turno; me sorprendió oír el eco de mi voz en el silencio y me sentí extremadamente torpe en aquel espacio donde me tenía que exhibir ante la mirada de todos. Dudé de repente de que me hubieran elegido por mi buena dicción: mi gran estatura, que me asemejaría fácilmente a una mujer, debió de jugar un papel determinante. Además, era mi primer contacto con un chico de mi edad que, inmediatamente, por cierto, me pareció muy atractivo y maduro; me costó horrores ocultar mi turbación, me sentía torpe a la menor mirada y recuerdo que me embargó la emoción cuando de repente nos tuvimos que envolver cada uno en sendas puntas de una inmensa pieza de tela y enrollarnos hasta caer el uno encima del otro. Agradecí a mi compañero su amabilidad e incluso su de-

---

[13] Guillemette, pobre mujer mía/ Ya no acuden como antaño/ A proponernos el más mínimo negocio/ Y no obstante, aparte del alcalde/ No hay hombre más sabio que yo...

licadeza; con su naturalidad hizo que de entrada me sintiera cómoda y sentí entonces el encanto indefinible de la atracción. Por último, descubrí el orgullo de practicar una actividad artística, aun al nivel más modesto.

Además, mi experiencia personal, por muy intensa que fuera en el plano de la vivencia, fue poca cosa al lado de lo que me iba a deparar el resto del espectáculo. En efecto, el día de la representación y pese a mis innumerables complejos, sentí una gran exaltación al descubrirme otra dentro de la pesada vestimenta de escena alquilada para nosotros por la dirección: realzaba de pronto mi estatura; el maquillaje también desempeñó su papel: el pintalabios intensificaba el azul grisáceo de mis ojos, haciéndome entrever con secreta satisfacción el tipo de mujer que pronto iba a ser y aquello empezaba a embriagarme. Recuerdo incluso haberme paseado por la sala antes y después del espectáculo, con esa conciencia de exhibirse tan propia del narcisismo adolescente. Experimentaba también una fruición malévola provocando a mi hermana que tenía tan sólo un pequeño papel y un traje más discreto...

Pero el gran choque para mí fue el espectáculo ofrecido por otro curso. Después de nuestra representación, asistí entre bastidores a *En un mercado persa*; era una suite de ballets muy coloridos que se sucedían muchas veces a buen ritmo, seduciendo con su exotismo a un público entregado. Pero tras esa exuberancia, la atracción fue la aparición de una joven bailarina de clásico que ejecutó su número en el centro de un círculo atento. La pureza de sus rasgos, la perfección de sus movimientos, su piel aterciopelada exaltada por las luces del escenario que la destacaban en medio del grupo, daban de ella una imagen irreal. En un momento dado, se elevó lentamente, con las manos juntas encima de la cabeza cual serpiente hipnotizada por su encantador entre las volutas de la música. Estaba fascinada, no sólo por su belleza sino también por la aparente facilidad con la que daba vueltas sobre la punta de los pies o retorcía su cuerpo como un abanico al abrirse, en una perfecta armonía entre danza y música. Pensaba que nada podía ser más bello y comprendí entonces que algo existía en el mundo que hacía más llevadera y noble la vida, que esa cosa era el arte y que probablemente estaba al alcance de cada uno de nosotros con trabajo y disciplina. Tuve esa intuición gracias a la prestación de unos aficionados, sin duda muy alejada de la perfección técnica, pero supe que todo esfuerzo auténtico por superar la realidad es válido y que el entusiasmo, por sí solo, nos puede llevar muy lejos. A partir de entonces, intenté encontrar mi propio camino entre los grandes textos y la poesía.

Años más tarde, al volver sobre el pasado, he pensado muchas veces en aquella muchacha y en el regalo que, sin saberlo, me había hecho. ¿Habrá seguido por ese camino? ¿Le habrán permitido los altibajos de la vida y de sus estudios llegar a ser, pese a todo, una gran bailarina? ¿Habrá conservado al crecer la belleza y el encanto que, a esa edad, la distinguían entre todas, como en la Antigüedad los elegidos de los dioses? He visto a tantos adolescentes de quince, dieciséis años llegar a un grado de equilibrio en la armonía y de perfección en la belleza tal que luego sólo cabe un declive y la réplica mordaz de Ferrante, rey de Portugal, a su hijo Don Pedro, en *La Reine Morte* de Montherlant, siempre me ha trastornado:

> *Il y a tout juste treize ans que je suis las de vous, Pedro. Bébé, je l'avoue, vous ne me reteniez guère. Puis de cinq à treize ans, je vous ai tendrement aimé. (...) Treize ans a été l'année de votre gloire ; vous avez eu à treize ans une grâce, une gentillesse, une finesse, une intelligence que vous n'avez jamais retrouvée depuis ; c'était le dernier et merveilleux rayon de soleil qui se couche.*[14]

Entre mis alumnos, algunos tuvieron también su momento de gloria para marchitarse después, o se habían «espigado» demasiado de prisa, como se decía en mi tierra. De repente, unos rasgos angulosos parecían haber aprovechado las vacaciones de verano para adueñarse de su cara o de sus proporciones, ideales dos meses antes, se habían difuminado, ahogadas en las carnes. A menudo también, su amabilidad y sus buenas disposiciones habían sido alteradas al de las nuevas compañías. Lo que la naturaleza nos da, tan pronto nos lo quita. Es más que probable que mi bailarina de Forges, tan perfecta con su cara de madona, haya conocido las desavenencias de la madurez y de la vida y olvidado aquel instante de gracia que fue suyo tanto tiempo atrás. Porque me dejó entrever el universo infinito del arte, le deseo, secretamente, un destino fuera de lo común.

---

[14] Hace exactamente trece años que estoy cansado de Vos, Pedro. Confieso que cuando era Vd. un bebé, no me sentía especialmente atraído por Vd. Después, desde los cinco hasta los trece años, le he querido tiernamente. (...) Fueron sus trece años el tiempo de su gloria; a los trece años, tuvo Vd. una gracia, una bondad, una sutileza, una inteligencia que nunca más volvió a tener después; fue el último y maravilloso rayo de sol en el momento del ocaso.

VIII

A medida que pasaban los años y aunque las cosas no siempre fueran fáciles, en Forges también nos iba entrando el gusanillo de los estudios. Apreciábamos en particular, y probablemente porque en casa nos habían sensibilizado a ello, las proezas pedagógicas de nuestros maestros, cada uno en su estilo y con sus propias dotes. Recuerdo a una profesora de música, una mujer muy viva y apasionada, que nos ponía discos de música clásica y nos hacía descubrir los movimientos y las frases melódicas de las obras que escuchábamos. Fue una revelación. Nos entregamos con delicia a la exaltación romántica de *Una noche en el Monte Pelado* de Músorgski y nos dejamos arrebatar por los sorprendentes remolinos de *El Mar* de Debussy. Horizontes negros y azules ocupaban de pronto el espacio del aula y a veces me parecía vislumbrar en los repliegues glaucos a los que nos arrastraban los violines, el perfil familiar de una mujer desaparecida...

La música fue por tanto una nueva pasión. En alguna parte del caserón de Conteville, seguía reinando el piano de Papá, abrigado en su adormecimiento por una gran manta que hacía las veces de funda, y soñábamos con recorrer con los dedos las teclas de marfil que el tiempo había veteado de amarillo.

Pero Papá había padecido tanto, siendo niño, con las clases interminables que le imponía su madre, que nunca consintió que pasáramos por lo mismo, probablemente porque disfrutaba autocompadeciéndose, pero más aún porque, en definitiva, había que meterse en la cabeza que los tiempos eran difíciles y que ¡no éramos unos burgueses!

En el Cours complémentaire, el gran asunto era, para la mayoría de las alumnas, aprobar el examen del Brevet[15]. Nos preparábamos todo el año pues sabíamos, porque nos lo recalcaban con insistencia, que de él dependía la fama del colegio, en competencia directa con el de los chicos. El impacto de los resultados abarcaba todo el cantón y la pareja de los directores ponía todo su empeño en mantenerse en el primer puesto. Retomábamos pues, desde la mismísima vuelta de vacaciones, el ritmo de los estudios y la motivación intensa de nuestra ya muy lejana entrada en *sixième*, cosa que no parece darse hoy más que en las carreras deportivas. Había que restringir el tiempo de ocio, de por sí limitado, del internado, acudir antes a la sala de estudio, dedicarse más eficazmente a los repasos, que a su vez eran sometidos a controles más frecuentes. Pero confieso que, curiosamente, me sometí a aquellas obligaciones con auténtica fruición, imagino que parecida a la que la observancia estricta de las reglas monásticas de un convento puede producir. Creo además que se consolidó entonces mi inclinación incipiente por la pedagogía: la historia del siglo XIX era particularmente difícil de asimilar, con sus múltiples

[15] Examen de reválida de 3º de la ESO.

revoluciones, sus cambios de régimen y el surgimiento de las nuevas ideologías. A base de paciencia y concentración y probablemente al cabo de muchas veladas inclinado sobre sus borradores, el señor Coffin, marido de la directora, había confeccionado lo que él llamaba «bocetos»[16]. Y resulta que, pese a nuestra edad y a la despreocupación propia de la juventud a la hora de juzgar los esfuerzos de los adultos, la clase, en su casi totalidad, le agradeció infinitamente lo que nos parecía un auténtico hallazgo: multiplicados por la novedosa técnica del esténcil, pero redactados a mano con esa regular y hermosa letra itálica hoy ya desaparecida y que les confería ese toque personal y cómplice que no tiene la página escrita a máquina, los bocetos consistían en una doble página de cuaderno, abierta en sentido vertical a fin de dar cabida a cada tema por entero y ser legible de una sola ojeada. Jugaba con las habilidades de nuestra memoria visual pues antes siquiera de ser leído, cada boceto aparecía claramente con su configuración propia, sus espacios, sus párrafos alineados en ambos márgenes, y al mismo tiempo resultaba tranquilizador: al final de la clase, nos apropiábamos en un santiamén de su contenido. Me fueron muy útiles en mis estudios posteriores, no tanto por la información que contenían, como por el hecho de que nos enseñaban a aprender pues años más tarde, en la universidad, siguieron siendo para mí referencias básicas, llegando a inventarme yo los míos para otras materias.

[16] Estructura de una redacción.

Ayer, me hizo gracia ver, en una cadena de televisión francesa, un reportaje en el que aparecía un joven maestro muy dinámico, exponiendo ante las cámaras los progresos de un grupo de alumnos suyos con dificultades de aprendizaje, un grupo por cierto mucho más reducido que los de mi época: simplemente, había decidido que ciertos elementos básicos debían ser aprendidos de memoria y veíamos a toda la clase seguirle en la pizarra para memorizar la conjugación de algunos verbos usuales. ¡Qué circunvoluciones hemos tenido que dar para llegar hasta ahí, sin pasar por reaccionarios! Hubiera dado lo mismo con una clase frente a ordenadores pues la cuestión era mostrar abiertamente ante los medios de comunicación la necesidad de la memorización. Ciertamente la sociedad ha cambiado, ciertamente el ritmo de vida y la tecnología también y hemos de adaptarnos imperativamente, pero hay evidencias que no se pueden tirar por la borda y la enseñanza es tributaria de tantos factores que hay que mostrarse muy prudentes y desconfiar de los cambios porque sí.

Resulta que mi carrera profesional me ha hecho vivir periódicamente reformas pedagógicas, muchas de ellas aberrantes, impuestas por las buenas intenciones de funcionarios confortablemente instalados en sus despachos, ansiosos de conseguir la notoriedad y a menudo acompañados por todo un equipo de ilustres pedagogos sin alumnos que inventaban códigos y sistemas tiránicos, basados al parecer en los últimos descubrimientos en ciencias humanas. De la noche a la mañana, unas veces tras un cursillo de formación y otras muchas sin él, teníamos que cambiar nuestra manera de proceder, aun teniendo la convicción de que era la buena y que había dado buenos resultados. Y el «Método» se volvía sacrosanto. Se imponía incluso por encima de los propios contenidos. Por ejemplo, hubo un tiempo en que tuvimos que «motivar» a los alumnos como fuera: ya no podíamos explicar el más mínimo fragmento literario sin provocar previa y artificialmente en ellos una demanda, la cual no siempre llegaba... o era de índole tan superficial que se desvanecía a la menor dificultad, y nos imponíamos malabarismos improbables para suscitar en ellos la mejor disposición. Huelga decir que multiplicábamos este tipo de ejercicios cuando había una inspección, pero en las clases siguientes, cansados del jueguecito, íbamos directos al grano y... ¡volvíamos a nuestro *modus operandi* de toda la vida!

Hubo la famosa «lectura metódica», de la que yo misma saqué enormes provechos pues partía de una estricta observación de la forma, en total conformidad con mi personal manera de escudriñar los textos, pero que había que llevar a cabo mediante un juego de preguntas tan forzadas, destinadas a que el alumno descubriera por sí mismo sus propias «pistas de lectura» que al final, ya no quedaba nada intelectualmente honesto: en definitiva, el profesor intentaba sugerir al alumno las grandes líneas de su búsqueda (con nombres muy rimbombantes en los *anales*[17]), cuando él mismo había tardado horas en encontrarlas... «¿Quién sabrá nunca cómo se aprende?» decía Proust hace ya casi un siglo. Cuando, llena de júbilo, me disponía a abordar con los alumnos textos de Montaigne y

---

[17] Fascículos donde se recogen temas de exámenes con su correspondiente corrección.

que aparecía casi inevitablemente la noción de relatividad, me daba rabia comprobar que era en las altas esferas de la enseñanza donde las certidumbres más discutibles eran más enraizadas... Creo que los profesores, y yo la primera, tan duchos a la hora de reivindicar derechos sociales, no supieron oponer la inercia necesaria o presionar lo suficiente para que no les impusieran un *saber-hacer* sustentado en pseudociencias y que rápidamente se convertía en un *saber-perder*: perder el juicio, perder el fondo, perder el norte, perder el tiempo, perder la confianza, esto es a lo que tan a menudo han llevado las consignas impuestas por el Ministerio y el cuerpo de inspectores, mientras para el pedagogo, la clave radica en el sentido común, la intuición y la generosidad.

Por todo ello, y tras este paralelismo, cuando me acuerdo de mis numerosos maestros, los que desplegaban tesoros de inventiva, los que sabían instintivamente ponerse en el lugar de sus alumnos y exigían de ellos lo que se exigían a sí mismos, sigo convencida de que la base de su enseñanza, lo que garantizaba su eficacia y forzaba el respeto, fueron precisamente la intuición y la generosidad. Es probable que se les juzgase hoy como excesivamente autoritarios, es probable también que no supiesen trabajar en grupos pues estaban demasiado ocupados en pulir sus bocetos en el silencio de su propia escucha, pero lo cierto es que muchos no fueron reconocidos a su justo valor, sencillamente porque era un valor ignorado y porque ellos se conformaban, sin aspavientos, con cumplir a fondo con su deber.

Entre los lejanos recuerdos del Brevet está el de una nueva estancia en Ruán en casa de nuestros abuelos, ya que en aquella época el examen tenía lugar en el instituto Jeanne d'Arc, lugar mucho más imponente que nuestro modesto edificio del Cours complémentaire. El día antes del examen, en la casa de nuestra infancia, habíamos renunciado con todo el dolor de nuestro corazón al jardín y a nuestro delicioso hábito de holgazanear, para sumergirnos en las descripciones terroríficas de las enfermedades, de sus síntomas, así como de sus complicaciones espantosas. ¡Como si las ciencias naturales fueran la materia que más esfuerzo exigía! pues con ningún otro recuerdo haber sufrido tanto, sin duda porque en literatura francesa, historia y geografía, los famosos «bocetos» del señor Coffin también poseían la virtud psicológica de alejar la angustia.

Por fin, al día siguiente, comenzaron las pruebas en el instituto. Además de sus rejas y de sus edificios, el instituto nos imponía respeto porque era el de nuestra prima Annick, un año más joven que nosotras pero que estudiaba el latín. Esto último era para nosotras una señal de gran prestigio pues percibíamos instintivamente que nuestra cultura sería para siempre coja sin esa lengua que todavía entonces otorgaba credenciales a los alumnos mientras nosotras, alumnas de los Cours complémentaires de provincias, éramos utilizadas como cobayas de las nuevas secciones llamadas «modernas», fruto de pretensiones reformadoras pero que lo único que ofrecían era una enseñanza amputada de las lenguas muertas. En resumidas cuentas, el vacío detrás del apóstrofe, pues a nuestra sección la llamaban M'. Presentíamos ya que para alcanzar el mismo nivel y colmar esa diferencia enorme que nos relegaba automáticamente a una casta inferior de la cultura, tendríamos que estudiar con más ganas todavía.

El instituto era inmenso y frío y la acogida distante para con las campesinas poco pulidas que, tímidamente, invadían un buen día las aulas con la pretensión –presunción insigne– de ser reconocidas, pese a todo, en su aspiración al saber.

Percibí también entonces lo que los signos externos pueden revelar acerca de las diferencias entre clases sociales y hasta qué punto somos sensibles a ellos cuando somos capaces de descifrarlos antes de haberlos aprendido. Aunque no tenían nada que ver con la niña arrogante del Jardin des Plantes, aquellas adolescentes enarbolaban el aplomo y la autosatisfacción que les otorgaba su pertenencia a la burguesía acomodada y bienpensante de Ruán: faldas plisadas de tela tupida, zapatos robustos y brillantes y uniformes estrictos pero de calidad, para las que venían de instituciones privadas; aún no existía la esclavitud de las marcas pero la diferencia era tan evidente que, por la mirada huidiza y casi burlona que ciertas candidatas nos echaban, nos sentíamos relegadas a la categoría de «paletas». Tuvimos que admitirlo y resignarnos. Cada vez nos costó menos, pues el éxito en el examen y las vacaciones nos consolaron rápidamente y tras recobrar la estima, nos preparamos a la siguiente etapa de nuestra vida: Amiens.

Cuarta parte

AMIENS

I

Con sus cambios y sus tomas de conciencia, sus momentos de exaltación y sus angustias, la adolescencia es un periodo difícil, tanto para el cuerpo como para el espíritu. Tuvimos la suerte de que la nuestra coincidiera con los tres años del internado en Amiens, en la entonces ciudad estudiantil más moderna de Francia, como me lo recordó hace años una antigua alumna. Los edificios, de nueva construcción y que comprendían los internados de chicas y de chicos y el instituto, mixto, se extendían por un espacio amplio y llano en la periferia de la ciudad, lo que daba al conjunto un aire de campus a la americana, muy alejado de los austeros edificios escolares que habíamos conocido hasta entonces. El viento del norte barría a menudo aquel espacio inmenso y abierto, pero sin despojarlo jamás de la promesa de libertad que encerraba. De hecho, y por increíble que parezca, los jueves y los domingos por la tarde disfrutábamos de una auténtica libertad y recuerdo que, nada más franquear los límites del campus y pese a la felicidad de tener la inmensidad del mundo a nuestra disposición, asomarnos a su abismo nos producía un extraño malestar.

Afortunadamente, estaba en primer lugar la admirable catedral de la que estaba enamorado nuestro profesor de dibujo pues decía que era la más hermosa de Francia. Yo admiraba su mole imponente dispuesta a conquistar el cielo tristón, pero seguía pensando que la de Ruán le era superior, ante todo por su flecha de encaje que le daba, a mi entender, una elegancia incomparable. Pero pronto iba a descubrir con Flaubert –y con qué amarga decepción– que esa famosa flecha no tenía nada de medieval, que le era casi contemporánea; se empeñaba en desprestigiarla viendo en ella el síntoma por antonomasia del mal gusto de su época, un insulto de piedra junto a la masiva y auténtica torre de la Mantequilla, regalada por los campesinos del lugar. No me convenció del todo, pero pronto hube de reconocer la armonía y la majestad de la que empezaría a llamar «mi catedral de adopción», y que se volvería tan acogedora cuando el tiempo, afuera, sería excesivamente inclemente.

Y a propósito de mal tiempo, anuncian hoy, en el telediario que sintonizo desde España a través del cable, que una violenta tempestad se ha abatido sobre Francia y, curiosa coincidencia, que la cornisa de la catedral de Amiens ha sido seriamente dañada. ¡Fragilidad de la piedra centenaria que tenemos por eterna, fragilidad de las imágenes familiares en la fuerza, no obstante, pertinaz, del recuerdo...

Tras los primeros paseos para descubrir, maravilladas, la ciudad y recorrerla a nuestro antojo, tras descubrir su centro neurálgico, sus tiendas modernas llenas de maravillas inabordables y los pocos cines que nuestro escaso dinero de bolsillo nos permitía frecuentar, íbamos vagando por las calles heladas como almas en pena, sin saber muy bien adónde ir y midiendo con desesperación el lento paso del tiempo.

El régimen de salidas nos obligaba a tener un «contacto» en la ciudad que aceptara firmar nuestros pases; a través de qué contactos dieron mis padres con uno, lo ignoro, pero me queda el recuerdo divertido de las paradas obligadas en casa de un tal señor Chevalier, al que no conocíamos ni por asomo pero que tenía la amabilidad de acogernos justo antes de regresar al internado; penetrábamos como por efracción en su universo mullido y bastante enrarecido y volvíamos a salir inmediatamente tras unas palabras de cortesía. Para llegar hasta su casa, el único inconveniente era tener que dar una gran vuelta por calles rectas y siniestras, típicas del norte, bordeadas de casas rojas desesperadamente iguales y en las que el frío se metía con fuerza.

En el campus, en cambio, todo nos resultaba agradable y por mucho que lo intente, no consigo encontrar ningún elemento susceptible de ser percibido como negativo. Los espacios eran amplios, geométricos y funcionales. Me acuerdo sobre todo de lo moderno que era el internado donde, cosa extraordinaria para la época, el amueblamiento había sido escogido con especial esmero, facilitando así nuestra adaptación. Los dormitorios tradicionales que habíamos conocido en Forges eran aquí habitaciones de seis camas, con colchas de colores chillones como el violeta o el amarillo ácido que nos levantaban la moral. Eso, en cuanto a las nuevas alumnas de Seconde; para las de Première o de Terminale[18], la exigencia de intimidad era garantizada por camarillas individuales igual de alegres con su cuartito de aseo cada una. Los muebles eran de madera clara barnizada, de buena calidad, y me gustaba especialmente la pequeña mesa individual que se nos asignaba para todo el curso en la gran sala de estudio. Acostumbrada a los muebles de estilo Henri II de los abuelos, oscuros y macizos, y a los muebles rústicos de Conteville que exigían ser desempolvados y encerados constantemente, yo disfrutaba sacando brillo con la manga a aquella hermosa madera que relucía sola y que invitaba al orden y en la que descubrí el placer de explorar los textos cuando la noción del tiempo se desvanece porque está uno plenamente sumergido en ellos.

La administración y el acompañamiento humano parecían estar ahí con el único objetivo de facilitar nuestra adaptación y formación intelectual. Dirán que es la inevitable idealización del pasado la que me lleva a enfocar así los años en Amiens y es posible que así sea. Quizá el contraste con la rigidez que habíamos conocido antes, en casa o en la escuela, nos hacía apreciar el cambio pero creo que, o bien la flexibilidad en aquel establecimiento era real, que lo era, o bien vivíamos en un estado de receptividad tal que no habríamos tenido que envidiar nada a los «libres niños de Summerhill» pues las inevitables reglas de la vida en común no nos pesaban en absoluto; habíamos tenido que llegar a Amiens para descubrir el lujo y la autonomía: fue

[18] 4º de ESO, 1º y 2º de Bachiller.

quizá entre aquellas paredes donde, paradójicamente, mejor pudimos apreciar la libertad o tal vez era que nos sentíamos de repente en sintonía con las personas y los lugares. No notábamos ninguna barrera administrativa, ninguna disciplina, ningún freno que nos trabara verdaderamente.

Además, Amiens poseía esa particularidad que, al ser una ciudad muy próxima a París por carretera y muy bien comunicada por ferrocarril, era el destino preferido de los numerosos catedráticos de Normale Sup[19], encantados de poder trasladarse con facilidad a la capital, con vistas a su futuro profesional. Tuvimos así todo un abanico de profesores, jóvenes y dinámicos y con excelente formación, apasionados por el saber, auténticos humanistas y que en su mayoría iban madurando, simultáneamente, proyectos a largo plazo que les iban a proporcionar, en muchos casos, la notoriedad. Era fácil comprobar que la pedagogía no era su mayor preocupación, pues enseñaban de la manera más clásica posible, recurriendo al poder de la memoria que aún se valoraba mucho. Procedían con orden y razón, firmemente guiados por su instinto, y su ausencia de duda metodológica –esa misma que más tarde emponzoñó tantas veces mi carrera– era, creo yo, un factor tranquilizante para sus alumnos. Hoy en día, a la menor dificultad, el profesor se ve cuestionado, padres y adolescentes se agitan y ¡qué pérdida de tiempo, en la mayoría de los casos, antes de que se reconozca que lo esencial está en la implicación y el trabajo personal del alumno! Además, todos se mos-

[19] La Escuela Normal Superior, escuela de élite que prepara a los futuros catedráticos y profesores universitarios.

traban respetuosos hacia nosotros, incluso hacia los menos aventajados intelectualmente y su entusiasmo comunicativo forzaba nuestra adhesión.

II

Cuando llegamos a Amiens, nuestra sección, llamada M'[20], debía supuestamente compensar la ausencia de lenguas muertas con más horas de ciencias naturales. Tuvimos la suerte de poder elegir otra lengua viva, lo que dio un vuelco a nuestra vida futura. A los dos o tres días de clase aproximadamente, la única compañera de Forges que también se había venido con nosotras a Amiens, nos avisó de que un joven profesor particularmente atractivo daba clases de italiano en el aula junto a la nuestra. Nos cambiamos pues subrepticiamente de aula y de sección, lo que no ocasionó, curiosamente, el menor problema administrativo. Así fue cómo nos convertimos en alumnas asiduas de Dominique Fernandez. Tenía todos los atributos de un galán. Alto, descuajeringado, con el pelo negro y alborotado, nos recordaba a héroes de Stendhal como Julien Sorel o Fabrice del Dongo. Lo asociábamos con Italia, cuando resulta que, genéticamente hablando, sus raíces eran más bien mejicanas. Supe más tarde que estaba estudiando clásicas en Normale Supérieure cuando pisó por primera vez Italia, el mismo día de la muerte de Pavese. Fue para él como una llamada: se presentó a la cátedra de italiano.

---

[20] Una sección donde se buscaba un equilibrio entre ciencias y letras.

Lo espiábamos desde la ventana cuando cruzaba el patio a grandes zancadas, con un cigarrillo muy largo en los labios y como absorto en sus pensamientos. Solía dejar aparcado un coche de lo más curioso, totalmente retro, que recordaba vagamente a un escarabajo. En clase, seguía el *Camugli* página a página, la gramática, capítulo a capítulo, generalmente sentado en su mesa, con sus largas piernas balanceándose delante de él; no se mostraba nada inventivo, pero, a decir verdad, tampoco lo necesitaba. Con él, el aprendizaje del italiano fue como un rayo de sol en nuestros estudios: descubríamos fascinadas sus cálidos acentos. Exigía una pronunciación perfecta y recuerdo cómo me gustaba soltar al aire las consonantes dobles para hacer cantar esta lengua de tintes veraniegos que nos hablaba de un mundo accesible en un futuro próximo. Y nos rescató como una nave en alta mar: nos bastó un año para desenvolvernos y unas cuantas estancias seguidas nos la volvieron del todo familiar.

Por esos extraños misterios de la vida, mientras para Dominique Fernandez Italia representaba un exotismo permitido y una sensibilidad acorde con unas inclinaciones que el mundo hispánico le vetaba, en mi caso fue Italia, con su clima, su modo de vida y de pensar mediterráneos y finalmente su idioma, la responsable de mi inclinación por España en un momento en que aún me era desconocida y no me costó nada pasar del italiano al español cuando me instalé aquí.

En clase de Seconde[21], tuvimos primero a un profesor de literatura francesa llamado Señor Laffont que encaró su primer puesto docente con la intransigencia de un joven militar, del que tenía los andares marciales y un corte de pelo al cepillo. Curiosamente, su ausencia de mesura sedujo a la clase: probablemente porque creía en nosotros. Nos emplazó a aprender prácticamente de memoria las páginas muy densas, mucho más densas que las de los fragmentos escogidos, del *Lagarde et Michard,* nueva biblia literaria de entonces, dedicada a las biografías y textos importantes de los autores. El libro de Seconde estaba dedicado al siglo XVI; era el más delgado de toda la colección, pero la introducción a los distintos capítulos y las páginas de presentación de los autores eran desesperadamente largas y escritas con una letra diminuta. Lo que para los demás era un fastidio, yo lo viví como un auténtico desafío, y me pasaban las horas, exaltada, en la sala de estudio, tratando de memorizar hasta los detalles más nimios. Hubo tres exámenes en total, uno sobre Marot, otro sobre du Bellay y el último sobre Ronsard probablemente –en aquella época, la cronología era sagrada–, y conseguí la nota máxima en cada uno de ellos, lo que todos mis compañeros, ante los que adquirí inmediatamente el estatus de buena alumna, consideraron una hazaña. Conservé durante mucho tiempo, cual reliquias, mis tres media-páginas con un discreto 20/20 escrito a lápiz en cada una, como una señal de victoria. ¡Decididamente, todo se podía conseguir a fuerza de voluntad! El en-

[21] 4º de ESO.

tusiasmo que sentía por las clases de literatura francesa se convirtió pronto en una pasión y en el internado, me pasaba la mayor parte del tiempo metida en mi *Lagarde et Michard* recién comprado, fascinada por los retratos de aquellos barbudos enigmáticos del siglo XVI que estudiaban en el campo, frecuentaban las cortes de los reyes y las cárceles y solían padecer alguna enfermedad. Hasta me olvidaba de los recreos, pues disfrutaba mucho más sola, en la sala de estudio, fantaseando con la iconografía. Mi obstinación surtió efecto y el apogeo de mis logros personales tuvo lugar en la entrega de la primera disertación. Había obtenido un 15/20, pues es bien sabida la tradición francesa, que perduró aún mucho tiempo, de evitar utilizar toda la escala de notas en este tipo de ejercicios. Probablemente no merecía más. El profesor leyó mi ejercicio ante toda la clase y la primera sorprendida fui yo. Me parece que oigo su voz, leyendo los versos parnasianos que cerraban mi examen con ese fuego artificial de lo pintoresco: «S'épanouit la fleur des cactus embrasés…[22]».

Me quedé largo rato saboreando como en sueños este final exótico que me parecía un verdadero broche de oro y que se iba estirando como una onda cálida por todo el espacio del aula.

La adolescencia puede cometer errores de gusto y a decir verdad ¿quién puede juzgarlos? Hay una edad en la que lo que prima es la pasión, es la edad de oro del aprendizaje. Por eso estoy convencida de que hay que aprovechar el entusiasmo de

---

[22] Se abre la flor de los cactos encendidos…

los jóvenes para incitarles a que aprendan textos que les gusten; nunca serán demasiados y tiempo tendrán para ser más exigentes, más sutiles en sus preferencias y sus gustos, pero no desperdiciemos la oportunidad de invitarles a saborear hasta el arrebato más romántico. Sensibles al Lamartine plañidero, más fácil les resultará luego descubrir al Lamartine pensador visionario o simplemente a ese poeta incomparable y desconocido de la alta montaña y de los grandes espacios siderales. Lloremos sinceramente con Víctor Hugo, enternezcámonos con él para mejor entender después al poeta de lo social.

En Amiens, a solas con nosotras mismas en la sala de estudio y felices en clase, pudimos entregarnos a gusto a nuestros impulsos, a nuestros descubrimientos. Nuestro profesor de literatura francesa nos anunció bruscamente que no volvería al trimestre siguiente. La mayor parte de los alumnos, algo vapuleados por el ritmo marcial de sus clases, se sintieron aliviados pese a considerarlo un excelente profesor. Mi consternación fue total. Sentí un vacío enorme, como una traición y me preguntaba cómo iba a soportarlo, a la vuelta de vacaciones, a pesar de que nos había anunciado que su sustituto era un amigo suyo y que, añadiría con humor, no teníamos nada que temer ni que perder. Pero me había acostumbrado a sus aires espartanos, a su modo enérgico de apropiarse de los textos, a su exigencia que indudablemente me había sacado de mi natural indolencia.

A la vuelta del segundo trimestre, el joven profesor que se presentó ante nosotros no podía ser más opuesto al primero. Era muy tímido, de estatura media y más bien chaparro, con un rostro sanguíneo que se ponía colorado con mucha facilidad, inconveniente eminentemente embarazoso para un profesor que debe afrontar una clase de adolescentes. Sin embargo, sus inmensos ojos azules parecían hechos para zambullirse en los textos y en los arcanos de la poesía, y nosotros con él. Leía con delectación versos de Racine cuya melodía nos iba entrando poco a poco en los oídos. Recuerdo que entre los versos más bellos y puros de la lengua francesa figuraban, según él, aquellos en los que Fedra jura ante Hipólito que lo ha intentado todo para dejar de quererle:

Il suffit de tes yeux pour t'en persuader
Si tes yeux, un moment, pouvaient me regarder.[23]

Pero la limosna de una mirada de verdad, Hipólito, asustado, no se la puede otorgar. Esa simplicidad suprema, ese ritmo, esa imploración, esas cosas que uno se calla, esos silencios desesperados... Nos adentrábamos insensiblemente en el corazón mismo del desgarramiento trágico. Nos familiarizó también con el esplendor tornasolado del barroco pues él mismo lo estudiaba en aquel momento. Era Gérard Genette.

No supe hasta más tarde que se había convertido en uno de los mayores críticos literarios de nuestro tiempo y me divierte recordar que un día me pidió que preparara a conciencia la próxima clase en previsión de una posible visita del inspector. Esta confidencia me halagó mucho pues tenía para mí un valor casi sentimental y dediqué un tiempo infinito, en la sala de

---

[23] Bastaría con tus ojos para convencerte/ Siempre que quisiesen, por un instante, mirarme.

estudio, a pulir mi preparación. Al día siguiente, estando presente el inspector, me precipité para contestar, adelantándome casi a las preguntas del profesor; la cosa se convirtió en una especie de diálogo exaltante entre él y yo: me encantaba leer en sus ojos la satisfacción de recibir la exacta respuesta que esperaba. Pero aquel jueguecito debió de durar demasiado pues en un momento dado mi hermana me propinó un codazo enérgico en las costillas y me deslizó al oído: «¡Para un poco que la inspección no va contigo!». Volví bruscamente a la realidad y renuncié a regañadientes a ese diálogo tan exaltante que nos había unido en una complicidad tal vez excesiva; tragándome mi orgullo, opté por la discreción... Quizá nació entonces mi auténtica vocación. En cuanto a Gérard Genette, parecía radiante al salir de clase.

III

Una de las características del internado de Amiens era la flexibilidad del aparato administrativo. Todo parecía funcionar con una total fluidez. Por supuesto había un director, un subdirector, una dirección para el internado de las chicas y otra para el de los chicos, pero a esta gente, retirada en sus despachos la mayor parte del tiempo, se la veía poco. Los vigilantes no se parecían en nada a los cancerberos de la leyenda, más bien al contrario, ya que, al ser ellos mismos estudiantes, solían mostrarse más bien cómplices con nosotros y parecían estar ahí para facilitarnos la vida. Aún me acuerdo de una vigilante del internado, alta y de una delgadez extrema que, a la manera de una modelo, en la sala de estudio, nos hacía soñar con sus jerséis de punto magníficos, hechos a mano y que estrenaba cada lunes a la vuelta del fin de semana. Llevados por ella, los jerséis, con su lana lujosa y la complejidad de su trabajo de punto, eran la imagen viva de la elegancia. Me preguntaba quién, de la madre o de la abuela, tenía la paciencia y el amor infinito necesarios para dedicar largas horas a esta tarea, acurrucada junto a una chimenea a la luz de una lamparita, pensando en ella mientras tanto; se me ocurría también que quizá aquellos jerséis fueran fabricados con la máquina de tricotar que empezaba a tener mucho éxito entonces. Puede que la cosa fuera menos romántica pero el testimonio de amor, en cualquier caso, era el mismo. Por saber de primera mano lo que es el trabajo manual, comprobaba una vez más toda la poesía que recela.

La organización en Amiens me ha dado que pensar en más de una ocasión: pude comprobar que multiplicar los puestos de vigilancia como de administración puede dar resultados discutibles o muy decepcionantes. O bien aquellos alumnos, procedentes en su mayoría del medio rural, eran particularmente moldeables y receptivos, o bien la convergencia de elementos tales como un personal inteligente y sensato y unos espacios acogedores y resueltamente modernos explican, al menos en los primeros años, los logros de esta comunidad educativa. Así que a la edad en que la mayoría de los jóvenes sufre ante un libro o salta a la mínima, he de reconocer que viví allí uno de los periodos más ricos y felices de mi vida.

Pero en el internado, el verdadero lujo para nosotros fue Sally. En efecto, al entrar en la sala de estudio los primeros días, nos habíamos percatado de la presencia de una muchacha espigada que, con su falda plisada, sus calcetines altos en las zapatillas de deporte, su bolsa de viaje a modo de cartapacio tenía una pinta totalmente distinta de la nuestra. Era una joven americana que, en el marco de un intercambio, había venido a pasar un año en Amiens a fin de aprender francés, lengua que desconocía totalmente. Durante el día, tenía que asistir a una serie de clases y por las tardes, se ponía a disposición de las internas que querían practicar el inglés. Aquello nos pareció inaudito. Entonces, nada más enterarnos, nos presentamos ante ella para manifestarle nuestro deseo de hablar inglés. Nos contó mucho más tarde que, al menos en los primeros meses, habíamos sido las únicas en habérselo pedido. No me lo podía creer. ¿Cómo era posible que la gente no se peleara para acercarse a Sally que era una chica abierta y simpática? ¿La timidez, el miedo a la diferencia, los típicos complejos ante una lengua extranjera? Sea como fuere, ello nos permitió adoptar rápidamente a Sally que se convirtió en una tercera hermana. Nos volvimos íntimas hasta el punto de abordar con ella temas que no habíamos abordado con nadie. Así fue cómo nos contó que, en Estados Unidos, cuando un chico salía con una chica, sólo la podía tocar hasta la cintura. ¡En aquella época, éramos auténticas pavas y me río pensando que ese detalle me había parecido muy osado! No tenía ni idea del puritanismo americano, pero cuando lo descubrí más tarde, me pareció muy divertido que un código de este tipo imponga límites con tanta precisión. El caso es que nuestra amiga cobró un prestigio nuevo a nuestros ojos, pues era evidente que gozaba de una experiencia que no teníamos.

Lo que también nos fascinaba era su independencia, su pericia; utilizaba mucho el teléfono lo que en aquel momento no era en absoluto nuestro caso, sabía tratar con las agencias, reservar un billete de avión o de tren. La vimos organizar su estancia en Alemania adonde iba a reunirse con parientes lejanos para pasar la navidad. Y ver a Sally irse sola por el ancho mundo, nos estremeció un poco. Sentíamos también cierto despecho al verla retomar su independencia sin nosotras.

En varias ocasiones, la invitamos a Conteville, pues Mamá era muy acogedora y deseaba conocerla después de oír hablar de ella tan a menudo. Había perdido a su madre el año anterior y se mostró sensible al calor de nuestro hogar y a la alegría de volver a encontrar casi a una familia. Causó sensación en el pueblo donde nunca habían visto a una chica americana fuera de una pantalla de cine. Orgullosas, la exhibíamos por todas partes y disfrutábamos intercambiando con ella unas cuantas palabras en inglés, lo que dejaba atónitos a los que nos rodeaban. En cuanto a Sally, estaba encantada de descubrir más de cerca la vida a la francesa. Nuestro mundo rural le debía parecer aún muy arcaico, pues venía de Nueva Jersey donde la mecanización era mucho más adelantada y los medios mucho más abundantes. En Francia, el campo salía lentamente de los difíciles años de la posguerra y empezaba la concentración parcelaria a escala nacional, pues las regiones de boscaje como la nuestra tenían el considerable hándicap de la parcelación de las tierras, que era un freno para el progreso. Nada extraño pues a que Sally se asombrara cuando descubrió que existían todavía lugares sin abastecimiento de agua o que, en algunas casas, los váteres estaban al fondo del jardín... Por contra, ella nos hablaba de sus frecuentes viajes a Nueva York. Éramos entonces nosotras las que soñábamos con esta ciudad de nombre mágico, símbolo por sí solo de modernidad. No parábamos de hacerle preguntas sobre el número de plantas de los rascacielos más famosos, intentando imaginarnos el vértigo desde tanta altura. La invitamos también a Ruán, a casa de nuestros abuelos, pues conocedora del drama de nuestra infancia y de las secuelas de la guerra, quería conocer los lugares y nuestros seres más queridos. Mémé nos acompañó a casa de los Perrier, el gran salón de té, cerca del Gran Reloj, donde compartimos con Sally nuestra pasión por las tartas de manzana. Recuerdo haber visitado con ella el taller de un luthier en el barrio de Bellas Artes del viejo Ruán, que nos retrotraía a la Edad Media y la pertinencia de sus preguntas al artesano me sorprendieron. Tuve la corazonada de que el encuentro con esta nueva hermana era una señal del destino, de que un sutil vínculo la unía a nuestra madre muerta a través de la música. Imaginé incluso una escena encantadora en la que Mamá, eternamente joven, le tocaba un aire de country con su violín...

Los avatares de la vida hicieron que nos perdimos de vista durante mucho tiempo, pero la casualidad propició un nuevo encuentro cuarenta años más tarde, con ocasión de un congreso en Madrid. Fue una emoción enorme y también la ocasión de reavivar el pasado. Con el tiempo, Sally había engordado un poco, pero había conservado su gracia un tanto torpe y esa candidez que hacía todo su encanto. Al menos fue así cómo apareció ante mí cuando, delante de casa, se bajó del coche. Lloró de la emoción y la cogí en mis brazos. ¿De veras existía el tiempo?

IV

Abundan en la literatura y el cine los relatos de malos alumnos o de adolescentes rebeldes. En cambio, mi propia historia como alumna fue desesperadamente normal: me costaba lo mío integrarme en el nuevo sistema, pero, a decir verdad, tampoco me desagradaba meterme en el molde y terminé con sentirme a gusto en él. En aquella época, los alumnos no estaban representados en los consejos de clase y la única vida para los internos eran unas tímidas asambleas en las que yo no brillaba especialmente por mis iniciativas. La única actividad que recuerdo consistía en responder una o dos veces al trimestre a la invitación de nuestro profesor de inglés, monsieur Crépin, un joven soltero, que nos invitaba a tomar el té en casa de su madre, dándonos así la oportunidad de hablar inglés entre dos sorbos del brebaje hirviente y unas pastitas de té. Naturalmente, Sally era la invitada de honor y todos la asaltaban con preguntas a las que respondía con una gracia y una paciencia infinitas. Aquellos retazos de vida mundana y esa relación amistosa con nuestro profesor nos llenaban de contento, devolviéndonos la confianza en nosotras mismas, mucho más de lo que lo habrían hecho unos buenos resultados. Ya nos considerábamos estudiantes, como las que habíamos visto en las películas de Oxford o Cambridge.

En Amiens, la sensación de estar en una nube era tal que ni se nos ocurría pensar que el sistema que nos regía fuera perfectible y que quizá pudiéramos reivindicar derechos. Hubo que esperar hasta el último curso de bachillerato para que descubriéramos, gracias a nuestro profesor de filosofía, que no todo era lo mejor en el mejor de los mundos posibles, ni en la mejor de las ciudades estudiantiles posibles. Él hacía su tesis sobre el austromarxismo y su docencia, necesariamente orientada, encontró en nosotros un público entusiasta y moldeable. También nos daba literatura francesa y nos anunció que había optado por estudiar, a lo largo del curso, la dialéctica del maestro y del esclavo. Abrimos los ojos como platos cuando nos propuso ese tema, un tanto pretencioso y abstruso que nos retrotraía a los Romanos o a las relaciones maestro-discípulo más que a la organización de la sociedad y su cuestionamiento en los tiempos modernos. Pero tras la inevitable introducción a los pensamientos de Marx y Hegel, descubrimos con fervor *Esperando a Godot, Ubu Rey, La Ópera de cuatro peniques*. Era la gran época de Sartre y Beauvoir, referencias constantes en las clases de filosofía y con quienes nuestros jóvenes profesores debían de cruzarse e incluso frecuentar en el café *Les Deux Magots*; tuve la suerte de que, en el examen oral del bachillerato, el profesor que me examinaba me ofreciera poder elegir yo el tema del examen: escogí «La libertad según Sartre». Acabábamos viendo el mundo a través del único prisma de la lucha de clases y nuestras primeras convicciones religiosas, de por sí tan frágiles, se acabaron desmoronando definitivamente. El señor Bourdet tenía una gran fuerza de convicción, una voz pausada, unos ojos de un negro intenso cuya mirada nos atravesaba de parte a parte y que para nosotros sólo podían encerrar la verdad más absoluta. Habríamos jurado que podía leer en nuestros pensamientos más secretos. Su calma era garante de su sabiduría. Pero por encima de todo, nos enseñó a pensar, a ejercer nuestro sentido crítico pues disfrutaba enormemente animándonos a que lo cuestionáramos todo, hasta la propia institución y su funcionamiento. Yo no salía de mi asombro, abría grandes los ojos y casi me avergonzaba de que por culpa de un optimismo a prueba de bomba, todo me pareciera estupendo. Cuando agarraba a uno de nosotros, le forzaba, cual nuevo Sócrates, a llevar su razonamiento hasta el final, hasta tener sudores fríos ante toda la clase. Un día, con aire guasón, regaló su ejemplar de *L'Humanité* a Sally.

Entre los profesores notábamos tensiones, pero eran apenas perceptibles y no estábamos preparadas para percibirlas; en cualquier caso, no debía ser fácil estar fuera de esa mayoría exaltada que no perdía ocasión de manifestar sus opiniones, y entiendo lo duro que debió ser para Dominique Fernandez ser hijo de Ramón, hasta el punto de que sólo la escritura pudo salvarle frente a la opinión: hizo falta nada menos que una magnífica trilogía para disipar las dudas entre sí mismo y los demás. Pero cuántos interrogantes, cuántas luchas, cuántos esfuerzos para sobrellevar el arrinconamiento, cuántas humillaciones quizás hasta la magistral revancha final, el acceso a la verdad que dan el amor y la auténtica creación.

Cualesquiera que fuesen sus relaciones con sus compañeros, nuestro profesor de filosofía dejó en nosotros una huella indeleble, tal vez porque la filosofía no es materia anodina, ni un simple cajón que se abre para cerrarlo después, sin más ni más; implica al ser en su totalidad y nuestro profesor sabía hacérnoslo ver; además, sabía personalizar su relación con los alumnos. Teníamos una profunda admiración por él pues, amén de un saber que se nos antojaba inabarcable –sabía griego y latín y dominaba el alemán, lengua indispensable para la filosofía– identificaba rápidamente las cualidades y talentos de cada cual, instándole a sacar el máximo de sí mismo. Le agradecí también que resaltara la valía de mi hermana y la alejara de mi influencia. Gracias a él, salimos de Amiens con una mayor seguridad en nosotras mismas y debidamente armadas para la vida, preparadas por fin para afrontar las separaciones que las circunstancias no iban a dejar de depararnos.

Quinta parte

IDAS Y VUELTAS

Pues las separaciones son el tributo de toda vida... En nuestro caso, empezaron con el primer despertar y más adelante, la desaparición de nuestros abuelos fue un traumatismo doloroso que nos desgarró mucho tiempo. La sonrisa tierna y como herida de mi abuelo me sigue atormentando en medio de los extravíos nostálgicos que a veces me sobrecogen. Pero cuando bifurcaron nuestros destinos, el de mi hermana hacia horizontes exóticos y el mío hacia la violenta España, con la distancia entre nosotras de un continente, hubo que familiarizarse con la ausencia, aplacar la imaginación que va minando y reconfortarse con la inefable y engañosa proximidad de la voz, tan fiel, del teléfono. Nos teníamos que consolar pensando que, conforme pasaban los años, la duración de los vuelos se iría reduciendo inexorablemente, aunque seguiría siendo larga como lo era también la espera en los aeropuertos; sorteando obstáculos, acabábamos por volver a vernos cada dos años aproximadamente, compensando las ausencias forzadas por la calidad de los reencuentros y por escapadas egoístas en París, por ejemplo, donde nos citábamos lejos de nuestras familias para disfrutar de la simple e intensa felicidad de estar por fin juntas.

La última vez, cuando ya aturdidas por tanto paseo y tanta exposición, por las meriendas con los mostachones y los merengues de nuestra infancia y por las salidas al teatro, nos quedamos finalmente a solas para cenar, la conversación volvió espontáneamente sobre los recuerdos comunes y la familia y sobre esa parte de nuestras vidas que tanta huella había dejado en nosotras. Pese al tiempo transcurrido, la desaparición de Germaine, devorada prematuramente por un cáncer de mama probablemente diagnosticado tarde, seguía dejándonos la sensación de un vacío inmenso. Hacía ya dos años que la tía Thérèse había fallecido y Papá nos había dejado años antes. Su ausencia también nos pesaba mucho. Afortunadamente y pese a la distancia, manteníamos lazos estrechos con nuestros hermanastros y con la mayor parte de nuestros primos, pero el núcleo duro de la familia, el de antaño, había empezado, inevitablemente, a resquebrajarse.

Comentamos también que habíamos vivido sin saber nada de tía Denise, con quién la familia se había enfadado. Razón y sinrazón... Fue después de fallecer Mémé. El abuelo iba a casa de sus hijas alternativamente y por periodos de distinta duración. La una trabajaba, la otra no. Supongo que estaría más en casa de Denise que no trabajaba, pero que las tareas domésticas, con cuatro hijos aún pequeños y unos recursos más limitados, debían de dejar exhausta... Hubo el accidente de coche de uno de mis tíos, que probablemente precipitó la muerte de mi abuelo... Hubo palabras muy duras. Y puentes rotos para siempre entre las dos hermanas. Con una cerrazón que nos asustó. En realidad, desconocíamos los motivos exactos de sus desavenencias. Es más, preferimos ignorarlos pues nos sentíamos totalmente ajenas a la disputa. ¿Por qué no habremos mandado entonces una carta a tía Denise para decirle que no teníamos nada que ver con todo aquello, que seguíamos siendo las mismas sobrinas agradecidas de toda la vida, que demasiados recuerdos nos vinculaban para siempre? Eso era al menos lo que nos dictaba el corazón: unas pocas líneas para mantener el contacto. Pero cuando Papá, que había tomado partido por su otra cuñada, de la que se sentía más cercano, venía a mi casa, yo no me atrevía a contrariarle ni a desautorizarle y acababa aplazando lo que mi conciencia me impulsaba a hacer... Luego, los días pasan, nos atemoriza el tiempo que de repente, como en una niebla, lo difumina todo, la distancia nos va separando, convirtiéndose en una coartada cómoda para la buena conciencia... Nos hundimos en la cotidianeidad, la profesión nos absorbe, los hijos, la comodidad del olvido y, súbitamente, descubrimos asustados que nos hemos hecho cómplices. La cosa parece irremediable. A mi hermana le había pasado lo mismo. Ese silencio pusilánime, desde hacía años, cada una por su lado se lo reprochaba.

Más grave aún: no hace tanto, con ocasión de nuestro último encuentro en Madrid, mi hermana me recordó una escena que mi inconsciente, sin lugar a dudas, había borrado de mi memoria: un día Mémé nos había hecho jurar, con esa solemnidad tan propia de ella, no abandonar a nuestra tía Denise. Su intuición de madre le hacía probablemente presentir que su hija menor era la más vulnerable, que podían surgir conflictos susceptibles de amargarle la vida... Como hacen a menudo los padres lúcidos que saben adivinar el futuro, intentaba desbaratarlo. Era verdad: ¡habíamos incumplido nuestro deber!

En ese punto estábamos de nuestras amargas reflexiones, aquella tarde en París, cuando la casualidad nos hizo un guiño providencial en la persona de nuestra joven prima Annette, la segunda hija de tía Denise que, mucho más ducha que nosotras en informática y deseosa de reanudar con sus primas mayores de las que conservaba un recuerdo lleno de admiración, supo dar con nosotras gracias a Internet. Intercambios emocionados y promesas de reencuentros. Noticias también, felices y tristes, que son el tributo de toda vida. Sus padres habían abandonado hacía tiempo la lluviosa Normandía y optado por el clima más clemente de la Charente, rompiendo así el núcleo familiar. Hacía poco que su padre y su hermano mayor habían muerto. Quiso la suerte que nuestra tía siguiera alerta y gozara de buena salud. Vivía sola en una casa de campo amplia, obstinándose a pesar de su edad en no recibir ayuda de nadie, ni siquiera para el jardín que cuidaba con celo y esmero. Con más de ochenta años, seguía conduciendo su pequeño Renault Twingo por las carreteras de la provincia...

Rápidamente, mi hermana tuvo ocasión de ir a verla y me contó el vuelco que le dio el corazón al toparse de repente con el retrato vivo de nuestra abuela... La misma energía, la misma pasión, la misma firmeza también en las ideas...

Reanudé yo también con ella y poco después de un simple intercambio de postales de verano, he aquí la carta que me mandó.

Ardillières, a 24 de enero de 2005

Querida Mimi:

Corría 1961. En aquella época, nuestros cuatro hijos me dejaban la suficiente libertad durante el día como para moverme a mis anchas. Raymond era interno en Ruán, en la orilla izquierda, Annette volvía todos los días porque iba al instituto Jeanne d'Arc. Alain y Thérèse estaban aún en primaria en Pavilly donde vivíamos. Con relativa frecuencia, cogía el tren y luego el autobús, de prisa y corriendo, para pasar una horita en la calle Bechepey de Sotteville, en casa de mis padres que habían tenido que mudarse. Rápidamente volvía a coger el autobús, bajaba a los muelles, volvía a subir a grandes zancadas la calle del Grand'pont para, igual de rápido, pasarme por las Nouvelles Galeries o el Printemps en la calle del Gros-Horloge, o por el Prisunic que quizá se llamaba aún Monoprix.

Aquel año, mis sobrinas habían anunciado que vendrían por Navidad. Entonces, unos días antes, a mi vuelta de Sotteville, me había comprado un vestido largo y recto, en un azul marino con finas rayas rojas y con cuello a la caja. En rebajas naturalmente. Y mis sobrinas, parisinas en aquel momento, me cumplimentaron. El que me siguieran encontrando guapa a pesar de mis modestos recursos y mis manos de trabajadora, me llenaba de felicidad; como también me hacía feliz que nos reuniéramos todos y así poder ofrecer a mis hijos, sobre todo a los dos mayores que prácticamente no habían tenido esa oportunidad, una pequeña pero auténtica fiesta con, aún lo recuerdo, algunos pasos de baile en la habitación de las chicas...

Al día siguiente, mis sobrinas se fueron. No recuerdo haberlas vuelto a ver después...

Sabes, Mimí, en mi vida, sólo recuerdo tres Navidades. La primera, en 1944. Vivíamos clandestinamente Marcel y yo en una pequeña granja del Eure. En Saint-Benoît-des-Ombres, habían previsto una misa del gallo pese a la prohibición de las autoridades. Yo no me atreví a rechazar la invitación, pese a tener que dejar a Raymond, todavía un bebé, solo en la choza, en su cuna. En la iglesia, poca gente: algunos jóvenes, chicos y chicas. Todos en silencio. Unas pocas velas, una breve prédica en la que llamaban a mantener la esperanza y después, la vuelta por largos y estrechos caminos llenos de barro, en la oscuridad y el silencio.

Bebé Raymond, muy calentito en su cuna, dormía. Nos calentamos con un brebaje a base de leche y malta o trigo tostado para sustituir el café, con la luz tapada, las cortinas de las ventanas cuidadosamente corridas, callados y con el corazón encogido. Nos acostamos.

Las segundas Navidades fueron las de 1950 aproximadamente. Habíamos podido por fin, mi marido y yo, disponer de un coche nuevo y así poder llevar a Pepé y Mémé a la misa del gallo de Bourgtheroulde. Allí, era la luz, el gentío, la iglesia iluminada en cada uno de sus rincones: luz eléctrica, velas, cirios, el clero y los monaguillos en comitiva, el borrego manso que lentamente cruzó toda la iglesia, los cantos religiosos que resonaban en la nave. Pépé y Mémé estaban encantados con el espectáculo y llenos de gratitud hacia su yerno que había podido ofrecérselo. Por mi parte, me sentía aliviada de que la vida normal reanudara por fin su curso, que las angustias de la Resistencia fueran relegadas al pasado, pero seguía sintiendo cruelmente aún el vacío que escondía esa alegría, vacío que cada cual procuraba olvidar.

La tercera Navidad, fue la de Pavilly, con Mimi Nanette.

¿Por qué será que cuatro meses de exilio en Bretaña con dos mellizas que dependían de mis dieciocho años, que tan sólo cuatro meses, mayo, junio, julio y agosto de 1940, tuvieron tanta influencia en mi vida?

Un abrazo.

Denise

Después de tantos escollos y tantas señales aparentes de olvido por ambos lados, todo ese amor de repente, contra vientos y tempestades, me dejó sin habla. Lutos, Resistencia, lejanía, remordimientos, todo convergía no obstante hacia esta prueba de amor, como si siempre hubiésemos permanecido juntas, como si nada, en el fondo, nos hubiera separado.

Los dolores del pasado se fueron suavizando y por fin un día pudimos redescubrir esa reliquia que nos había estado esperando a todos pacientemente, expuesta en el vestíbulo de una vieja casona de Charente y acariciada por las manos trémulas de su hermana pequeña, tan parecida ahora a su propia madre, reliquia cuyo estuche acolchado y satinado como una piel iba abriendo lentamente y que ahora quedaba dispuesta para la eternidad: el Violín de Mamá...

Placa conmemorativa de la muerte de Annick Bitaine
el 8 de junio de 1940.

Esta obra de Marie-Thérèse Bitaine de la Fuente
se terminó de componer en las colecciones
de la editorial Sapere Aude
el día 15 de noviembre
del año 2024.